O CÃO QUE SEGUIA AS ESTRELAS

Anna Sólyom
O cão que seguia as estrelas

O amor não conhece distâncias

TRADUÇÃO
Sérgio Karam

TÍTULO ORIGINAL El perro que seguía las estrellas:
   El amor no conoce distancias

© 2024 Anna Sólyom
Esta edição foi publicada por intermédio
de Sandra Bruna Agencia Literaria, SL.
Todos os direitos reservados.
© 2025 VR Editora S.A.

GERENTE EDITORIAL Tamires von Atzingen
EDITORA Marina Constantino
ASSISTENTE EDITORIAL Michelle Oshiro
PREPARAÇÃO Gabriela Colicigno
REVISÃO Luana Negraes e Raquel Nakasone
ARTE, DESIGN DE CAPA E DIAGRAMAÇÃO Guilherme Francini
COORDENADORA DE ARTE Pamella Destefi
PRODUÇÃO GRÁFICA Alexandre Magno

Dados Internacionais de Catalogação na Publicação (CIP)
(Câmara Brasileira do Livro, SP, Brasil)

Sólyom, Anna
O cão que seguia as estrelas: o amor não conhece distâncias /
Anna Sólyom; tradução Sérgio Karam. – 1. ed. – São Paulo:
VR Editora, 2025.

Título original: El perro que seguía las estrellas: El amor no
conoce distancias.
ISBN 978-85-507-0660-3

1. Romance espanhol I. Título.

25-253701   CDD-863

Índices para catálogo sistemático:
1. Romances: Literatura espanhola 863
Aline Graziele Benitez – Bibliotecária – CRB-1/3129

Todos os direitos desta edição reservados à:
VR EDITORA S.A.
Av. Paulista, 1337 – Conj. 11 | Bela Vista
CEP 01311-200 | São Paulo | SP
vreditoras.com.br | editoras@vreditoras.com.br

Para todos os amigos de duas ou de quatro patas
que nos ajudam a viver e a aproveitar a vida.
Obrigada por nos lembrar que o amor
sempre encontra um caminho.

Os astecas acreditavam que, ao morrer, as almas empreendem uma longa viagem para o além. Para chegar ao céu, precisam atravessar o Mictlán, um submundo com nove níveis. É uma travessia difícil, à qual nem todas as almas sobrevivem. Ao longo do caminho, podem encontrar muitos obstáculos que as impedem de alcançar a imortalidade.

No primeiro nível, há um grande rio separando a terra dos mortos de quem busca a vida eterna. É tão largo e caudaloso que nenhuma alma pode atravessá-lo sem se afogar, a não ser que conte com a ajuda de um cão.

Na verdade, nesse rio existem inúmeros cães que nadam e escolhem aqueles que merecem passar para o outro lado, para a margem da eternidade.

Então, se em vida os humanos costumam escolher o cão para ser seu companheiro, na morte é o cão quem escolhe o humano que merece viver para sempre. Muitos homens e mulheres não conseguem ganhar a confiança de um animal e não são escolhidos, e assim sua viagem termina no fundo do rio, onde permanecem para sempre.

A travessia do rio e dos nove níveis até o mundo eterno pode durar até quarenta dias, por isso muitas pessoas tentam seduzir os cães com palavras carinhosas, mas eles não se deixam enganar. Conhecem a impureza ou a pureza de cada alma. Se em vida você foi gentil e compassivo com os cães, se chegou a acolher um cão perdido, um deles vai te escolher para ser salvo.

Por isso, os antigos astecas veneravam nossos amigos de quatro patas, por saber que eram seus melhores companheiros na vida e na morte.

Esta é a história da amizade eterna entre um ser humano e um cão. Também narra uma longa viagem pela terra dos vivos, e como um cão que tentava voltar para casa salvou muitas almas pelo caminho, deixando sua marca para sempre.

CAPÍTULO UM

HÁ COMPANHIAS QUE MUDAM NOSSA VIDA para sempre, amigos que têm rabo, como o golden retriever que espera por Ingrid com um brilho de inquietude nos olhos.

Ao fechar a porta do porão, um leve tremor sacode o corpo que já passou de sete décadas. Ela não gosta de deixar o companheiro de vida para trás, mesmo que seja por uma noite.

Faz três anos que estão juntos e ela nunca se afastou dele num lugar estranho. De fato, nunca haviam viajado para tão longe.

Depois de subir as escadas, dirige-se ao carro do irmão.

Ela também não gosta de fogos de artifício, mas o ambiente festivo sempre levantou seu astral. Houve um tempo em que, quando se sentia só, gostava de contemplar o riso dos jovens no fim de semana, a música e as danças durante as festas. Achava que o Ano-Novo chinês sempre chegava a tempo, quando a alegria e as luzes do Natal já tinham se apagado. Na desalentadora ladeira do mês de janeiro, nada melhor do que um dragão dançante.

Isso, porém, foi antes de Roshi chegar em sua vida.

Ingrid dirige um último olhar à casa do irmão antes de fechar a porta do carro, no lado do copiloto, com um suspiro. Em seguida o carro arranca.

Nessa noite de Quatro de Julho, pessoas e burburinho estão por toda parte. A multidão serpenteia entre bancas de comida e bebida. Uma bandeira estadunidense gigante tremula ao lado da tenda central enquanto luzes coloridas derramam-se sobre o gramado, onde, sentados ou de pé, todos esperam o início do espetáculo. É difícil imaginar uma festa mais esplêndida que a do Dia da Independência.

Para além dos quiosques e das bandeirolas que atravessam o parque em zigue-zague, reina a escuridão, antes de os fogos de artifício lançarem sua luz sobre as palmeiras. A pirotecnia oficial dá lugar às explosões aleatórias das crianças e adolescentes, que parecem dirigir as bombinhas aos pés dos transeuntes.

Um estrondo próximo faz com que Ingrid procure Roshi com o olhar. Aliviada, logo se lembra de que ele não está ali com ela, deixou-o no porão da casa de seu irmão, a quem não visitava havia anos. Pergunta-se se o golden retriever vai se sentir à vontade numa casa desconhecida.

O irmão dá uma batidinha em seu ombro, como se a acordasse de um sonho.

— Vou buscar bebida. Você quer alguma coisa?

Ela nega com a cabeça.

Uma mão cálida e pequena pega sua palma direita.

— Você gosta, tia?

A seus pés encontra-se Eva, a neta mais nova do irmão, coberta com um enorme chapéu que quase esconde seus olhos. Ela ficou na ponta dos pés para chamar a atenção de Ingrid, de quem sempre ouviu falar, mas que não tinha conhecido até agora.

— Claro, querida, é uma festa muito bonita! — diz a ela, apertando sua mão. — Estou com dor nas costas e não posso te pegar no colo como seu vovô e seu papai, mas talvez a gente consiga encontrar uma cadeira para que você possa enxergar melhor.

— Papai prometeu me comprar um cachorro-quente. Por que está demorando tanto? E faz tempo que mamãe foi ao banheiro... Será que aconteceu alguma coisa com ela?

— A fila está muito grande, meu amor. Precisamos ter paciência e esperar que eles voltem...

Não pode ser mais difícil cuidar de Eva do que de Roshi, pensa ela.

— Estou cansada! — a menina grita.

— Podemos nos sentar aqui mesmo, o que acha?

Ingrid solta a mão de Eva e tira da mochila sua velha toalha de piquenique quadriculada, verde, e a estende no gramado, que cheira a queimado.

Alheia às bombinhas que continuam estourando ao seu redor, Eva anda descalça e feliz pela toalha. Uma vez no centro dela, inclina-se como uma bailarina, tentando manter o corpo franzino equilibrado.

— Você não quer um cachorro-quente, tia? Tenho certeza de que Roshi ia adorar... Aliás, por que ele não está aqui?

— Ele ficou em casa. Tivemos que trancá-lo no porão para que fique seguro e tranquilo. Você sabe... cachorros não gostam de fogos de artifício.

De repente, um clarão no céu chama sua atenção.

— Olha, tia! Está vendo isso?!

Bem acima de suas cabeças, um coração formado por estrelas vermelhas explode majestosamente, seguido de outros silvos e estalos.

A casa cheira a pó e a umidade. Meu nariz reconhece várias camadas de cheiros, novos e velhos. De alguns não restam mais do que sobras distantes, outros são tão intensos que me fazem espirrar, especialmente quando farejo algo que se decompôs há muito tempo no armário em que acabei de meter o focinho.

Além dos cheiros, não tenho dúvida de que a casa está vazia. Sei disso porque fico latindo e choramingando, mas só há silêncio.

Quando Ingrid saiu, me deixando sozinho, uivei como um lobo ao ouvir o rugido do carro, mas não adiantou.

Me sento e coço a orelha direita.

Com a tenacidade de um cão de caça, inspeciono todos os cantos do porão. Gasto um bom tempo examinando como funciona a porta que dá para as escadas.

É muito parecida com a porta lá de casa, por isso fico de pé apoiado nela, tentando empurrá-la com as patas.

Mas ela não se mexe.

Sou teimoso quando me proponho a fazer algo, então investigo todas as formas possíveis de sair. Finalmente, ao passar de novo pelo centro do pequeno cômodo, uma brisa fresca acaricia meu nariz. Sinto o corpo todo tenso.

Levanto o nariz como um radar e mexo a cabeça de um lado para o outro, tentando descobrir de onde vem esse ar puro.

Seguindo a direção da brisa, minhas patas me levam até uma janela aberta em cima de uma despensa estreita. A janela é bastante alta, mas não vejo outra maneira de escapar.

Uivo em direção à janela, para me animar.

Preciso saltar. No entanto, tenho que me apoiar em algo para tomar impulso até a abertura lá no alto.

Sacudo meus pelos dourados, mas não consigo pensar em nenhuma maneira de superar a altura que me separa da liberdade e de minha querida Ingrid.

Por que ela me deixou trancado aqui? Não fiz nada de errado, nada que mereça um castigo... Ingrid nunca tinha me deixado sozinho num lugar estranho. Até agora.

É muito diferente de ficar em casa! Lá pelo menos eu teria certeza de que ela voltaria. Aqui, não.

Preciso sair e procurá-la!

Observo de novo o lugar e ando em pequenos círculos para encontrar algo que possa me ajudar. Sob a janela há uma mesa estreita, cheia de potes de geleia. É bastante alta, mas não há outro caminho.

Sempre gostei das brincadeiras do *agility*. Até que enfim as corridas e os saltos que Ingrid costuma me propor para me manter em forma vão valer a pena!

Ao botar minhas patas na mesa, dois potes de geleia quebram-se ruidosamente ao cair no chão. Tanto faz, agora não tem volta.

Pulo na superfície agora livre da mesa e, com um segundo impulso, consigo escapulir.

Ao sair, minhas costas batem na parte de cima da janela. Me machuquei, mas estou livre!

Tento lamber a ferida, mas não consigo alcançá-la, está bem no meio das costas. Para grandes males, grandes remédios: me jogo no chão e giro como um croquete, de um lado para o outro.

Me sinto um pouco melhor.

Ao me levantar, sacudo o corpo do nariz até o rabo e depois volto para farejar, de fora, esse buraco horrível do qual acabo de escapar.

Uma má notícia acaba rapidamente com a minha alegria.

O carro, aquela geringonça barulhenta que nos trouxe até aqui há alguns dias, não está mais na frente da casa. Felizmente, consigo captar seu rastro, o caminho pelo qual se afastou dessa casa solitária em direção à cidade.

É uma pena que esses cheiros não conduzam à trilha florestal por onde passeamos nos últimos dias, porque a conheço tão bem quanto as almofadinhas das minhas patas.

Não tenho outra opção a não ser seguir meu nariz.

Avanço um longo trecho pela beira da estrada. Finalmente, chego aos arredores da cidade, perto de um parque. Ouço um riozinho correr.

Procuro o rastro de Ingrid, enquanto tento seguir os pedestres, que parecem saber quando atravessar a estrada.

Ao passar pela entrada do parque, pela primeira vez capto o cheiro de minha amiga. Finalmente estou tendo sorte!

Passo perto de uma família simpática, com dois filhos que querem me acariciar, mas são impedidos pelos pais. Os humanos nunca sabem se um cachorro é manso ou não. Sigo-os por um tempo, balançando o rabo levantado no ritmo de seus passos graciosos.

A família vai em direção ao cheiro de Ingrid.

Concentrado, não me distraio com a multidão ao redor. Sei que Ingrid está por perto, é só isso que importa.

Enquanto avanço como uma sombra por entre o fluxo de pessoas, o que é uma grande conquista para um cão de pelos dourados, uma enorme explosão retumba no parque.

Apavorado, corro até um grupo de arbustos à beira do caminho. Tento identificar de onde vem o perigo, mas não consigo, porque agora as explosões se multiplicam por toda parte. Corro com todas as minhas forças, me chocando com várias pessoas, o que me deixa ainda mais assustado, até encontrar um buraco rodeado de grama alta.

Encolhido nesse esconderijo seguro em que mal caibo, desejo que a terra me trague. Gemo, quase em silêncio. Só o que quero é encontrar Ingrid e voltar para casa.

CAPÍTULO DOIS

QUANDO OS FOGOS DE ARTIFÍCIO chegam ao fim, e depois de ter traçado cachorros-quentes, batatas fritas, tacos e outras delícias festivas, Ingrid insiste em voltar para casa. A pequena Eva corre em volta dos pais, dando seus pulinhos habituais, mas a tia-avó está se sentindo cansada.

Só consegue pensar em fugir desse tumulto e tirar Roshi do porão para dar um passeio noturno. Sente falta dele e o imagina solitário e triste numa casa que não conhece.

A multidão se dispersa pouco a pouco, enquanto a maioria das tendas de comida vai fechando. As luzes se apagam. Apenas uma das bancas ainda tem um pouco de fila: a do bar que oferece bebidas alcoólicas pela metade do preço. Sem ela, o parque já estaria deserto.

Como a calmaria que se segue a um terrível furacão, há restos de lixo por toda parte. Ingrid nunca conseguiu entender por que as pessoas são incapazes de levar seu lixo até as lixeiras.

Talvez esteja acontecendo um despertar coletivo, como garante sua professora de ioga, mas ela não tem esperanças de vê-lo em vida.

A única certeza é que os lixeiros terão muito trabalho esta noite.

Quando Tim, seu irmão magro e calvo, pensa em pedir outra rodada, Ingrid se levanta com dificuldade do improvisado piquenique e anuncia:

— Vou embora. Estou cansada e quero ver como o Roshi está.

— Maninha, fazia tanto tempo que não festejávamos juntos o Quatro de Julho... Fica um pouco mais!

— Quero ver meu cachorro, e minhas costas estão começando a doer. Vou saber encontrar o carro, não se preocupe. Com certeza alguém pode te levar de volta. Aliás, pode me dar as chaves da casa?

— Não se preocupe, vou com você. Eu prometi cuidar bem de você!

As últimas palavras de Tim se perdem num ataque de tosse que o obriga a se curvar. Seu corpo se dobra para baixo, mas ele se recupera com aparente facilidade. Seca as gotas de suor da testa enquanto se endireita.

Ingrid o envolve com o braço direito.

— Como você está? Isso não parece bom...

Analisa, inquieta, o rosto do irmão, mas ele tenta se safar, esfregando a cabeça.

— Estou bem — Tim se limita a dizer. — Vamos para casa — completa, tossindo mais um pouco.

Lance, seu filho, olha para ele com preocupação. Está com a camisa desabotoada, deitado de lado e confortável demais para se mexer. No entanto, não consegue deixar de perguntar:

— Você está bem, papai?

Tim odeia ver como o filho franze o cenho. Aqueles olhos azuis não deviam se preocupar com ele. Sophie, sua nora, contempla a cena com indiferença.

— Está tudo bem, meu filho, não é nada... Vocês vão com a pequena Eva lá para casa?

— Vamos ficar um pouco mais por aqui — decide Sophie. — Para nós é bom que ela desbrave as coisas um pouco mais; ultimamente não há jeito de fazê-la dormir.

Logo em seguida, Ingrid se despede:

— Aproveitem, nós vamos indo.

Ela se vira para dar tchau para Eva enquanto toma o caminho de pedrinhas. A menina continua correndo em círculos. A alegria dela aquece o coração de Ingrid, mas não consegue deixar de pensar na tosse do irmão.

Tem quase certeza de que ele está escondendo algo.

— Roshi...! Mamãe chegou! — Ingrid diz ao entrar em casa.

Tim sacode a cabeça enquanto joga as chaves na cômoda junto à entrada.

Por que está sempre tão atenta a esse bicho?, pensa. *É apenas um cachorro!*

Consegue entender o quanto Ingrid se sente sozinha desde que Gerard faleceu, mas esse amor desmedido por um animal lhe parece irracional.

Enquanto tira os sapatos, pensa na tosse e na dor pungente que sente na parte posterior do pulmão. Ainda não teve coragem de ir ao médico, tem medo de receber más notícias. Por que é tão difícil envelhecer?

Está indo em direção à cozinha quando Ingrid o chama, em voz alta:

— Tim! Roshi não está aqui! Ele saiu!!

— O quê?! — grita ele, enquanto desce correndo até o porão.

Como é que aquele cão poderia ter sumido dali?

Impossível. Ingrid está apoiada contra a porta quando Tim chega lá embaixo. Os olhos dela estão enormes e cheios d'água, e as rugas ao redor da boca tremem.

O cão não está ali.

Ele segue o olhar da irmã e, ao ver que a janela está aberta, precisa esfregar os olhos. Como é que um cachorro consegue pular tão alto?

Entretanto, os potes de geleia quebrados no chão confirmam o feito.

— Vamos sair para dar uma olhada por aí — Tim diz a ela, massageando suas mãos. — Não tenha medo, vamos encontrá-lo. Ele não pode ter ido muito longe!

Ingrid se solta de Tim e corre em direção à mesa. Suas alpargatas pisam na geleia derramada no chão. Está tão assustada que não consegue nem chorar.

— Eu não devia ter deixado ele sozinho... — E, tentando brincar um pouco para compensar a dor, grita: — Malditas aulas de *agility*!

Os dois sobem apressados até o andar principal e contornam a casa para examinar a janela do porão. Ao se inclinar sobre ela, Ingrid vê uma mecha de pelos dourados grudada nas dobradiças. Reconhece perfeitamente essa cor. Pega a mecha com delicadeza. Os dedos se fecham em torno dela, enquanto sente o mundo afundar sob seus pés.

CAPÍTULO TRÊS

QUANDO TERMINAM AS EXPLOSÕES, continuo encolhido dentro do buraco rodeado de grama alta. Preciso ter certeza de que não há mais perigo. Meu corpo começa lentamente a parar de tremer, mas estou tão cansado que ponho a cabeça entre as patas e fecho os olhos um instante.

Não entendo por que Ingrid veio a um lugar onde tudo explode. Tantas pessoas passaram perto de mim que já não consigo encontrar nenhum rastro dela. A fumaça da pólvora ainda flutua no ar, enquanto uma brisa suave arrasta pelo gramado as embalagens dos cachorros-quentes e das bebidas das quais os humanos tanto gostam.

Quando penso em Ingrid, a ponta do meu rabo se mexe como um chicote. No entanto, estou confuso e não sei onde continuar procurando. Vou esperar por ela aqui mesmo. Ela esteve aqui e certamente já está me procurando, digo para mim mesmo, enquanto meus olhos se fecham, cansados de tanta tensão.

A fome e a chuva me despertam um pouco mais tarde. A água foi enchendo o buraco em que eu me escondia e parece que ele ficou mais fundo, já que preciso fazer força com as unhas para conseguir sair.

Ao abandonar o esconderijo, começo a ganir ao perceber que ninguém veio me buscar. Ingrid não vai aparecer, e a chuva eliminou todos os cheiros anteriores, tornando meu nariz imprestável.

Para me animar, me sacudo e começo a andar.

Não demoro a chegar a um lago. A água parece fresca. Bebo e depois estico as patas, pronto para uma longa noite de busca. Minhas costas doem cada vez mais. É como se a batida que eu dei ao pular pela janela gritasse. Certamente está faltando um pouco de pelo ali, porque sinto as gotas de chuva escorrerem pela pele.

Não demoro a ficar totalmente encharcado.

Me sacudo com força, criando uma pequena e momentânea nuvem de água no meio do parque.

Ao me virar, localizo o caminho de pedrinhas pelo qual entrei. Todos os quiosques estão fechados e o parque está deserto. Hesito entre voltar à estrada ou continuar investigando o parque.

Aponto o nariz para o alto, na esperança de capturar algum cheiro familiar, quando de repente, com o canto do olho, percebo três sombras em movimento. O instinto faz com que eu grude no chão, enquanto me viro devagar para confirmar o que acabo de ver.

Totalmente alerta, olho para a minha esquerda, indagando com todos os sentidos: um pouco mais abaixo, na entrada do caminho de brita, três figuras de quatro patas cercam um enorme contêiner sob o aguaceiro.

Meu rabo se retorce, calibrando a antena receptora de perigos. Sim, são cães, mas não consigo cheirá-los de tão longe. A chuva me impede. Serão amigos? Será que podem me ajudar a encontrar Ingrid?

Observo-os à distância, por enquanto eles não conseguem me ver. Um deles tenta se enfiar no contêiner, sem sucesso. Em três, conseguem finalmente derrubá-lo. O som do contêiner batendo no chão corta a chuva.

Bravo, rapazes!

Me aproximo devagar, medindo os passos com cautela.

Não sou do bando, então me mostro o mais prudente possível, balançando baixo o rabo de um lado para o outro de forma amistosa, quase varrendo o chão. Os outros cães estão tão ocupados tirando os restos de comida do contêiner, em seu festim de lixo, que a princípio não se dão conta da minha presença.

Quando chego perto a ponto de conseguir cheirar o que estão comendo, percebem que estou ali. O ar congela por um momento.

Me sento e abaixo a cabeça para saberem que venho em paz. Eles não parecem captar a mensagem.

Uma cadela preta e esquelética, de patas longas, me mostra suas presas, grunhindo, com o pelo curto eriçado. Dá um pulo à minha frente para proteger a comida. Me dou conta de que ela é a chefa do pequeno bando.

Abaixo meu corpo ainda mais, a barriga quase encostando no chão. Assustado, recuo. Para que saibam que não sou nenhum perigo, começo a latir e ganir. Por fim, deixo que meu peso caia sobre a barriga.

Nunca estive numa situação como essa, mas minha intuição me diz que devo evitar olhar nos olhos dessa dama zangada. Varro o chão com o rabo, de modo que não me vejam como uma ameaça. Não estou nem um pouco a fim daquele lixo, só quero evitar uma briga com três desconhecidos. Ainda tenho esperanças de jantar em casa!

Os três estão imundos e cheiram tanto a sujeira quanto a perigo. São os primeiros vira-latas que encontro na vida, mas entendo que essa recepção hostil é apenas para marcar território.

Um tremor repentino sob a pele me avisa que algo está a ponto de acontecer. Não gosto disso. Paro de mexer o rabo e, pela primeira vez, olho para o bando todo.

Os outros membros do bando são um dogo argentino enorme, que um dia talvez tenha sido branco. Seus olhos estão vermelhos. O trio se completa com uma cadela de tamanho médio, uma mistura de pastor-alemão com sabe-se lá o quê, de pelo longo, marrom, branco e preto.

Ambos pulam, furiosos, ao lado da chefa fracote, grunhindo e mostrando os dentes ao mesmo tempo. Me desafiam ruidosamente, sem sair do lugar, num duelo que me parece eterno.

Recuo ainda mais, arrastando a barriga com os músculos tensos. O aviso sob a pele se transforma num arrepio que me atravessa do pescoço ao rabo. Sei que vão defender até a morte seu banquete de detritos.

Tentando sair dali, entro no jogo e começo também a mostrar meus dentes fortes e saudáveis, enquanto até o pelo de minhas costas fica eriçado.

Isso nunca tinha me acontecido antes!

Sinto que escurece ao meu redor. Só enxergo os cães que estão me cercando e vão me atacar.

Uma trovoada serve de sinal para que o ataque se desencadeie: os três se atiram sobre mim.

A primeira mordida em minha pata esquerda é tão dolorosa que sou subitamente tomado pela fúria. Respondo mordendo com vontade tudo o que encontro pela frente: orelhas, patas, costas, focinhos... Mas isso não os mantém à distância. Sou um cachorro caseiro, sem experiência em brigas, e meus dentes atingem pouco mais que o ar.

A chuva, mais intensa agora, me ajuda a me esquivar de alguns ataques, mas três contra um é impossível. Caio deitado de barriga, chorando, mas eles não vão ter pena de mim.

O bando começa a me rodear, como lobos à espreita de sua presa.

De repente, um raio cai bem perto dos contêineres, seguido por um trovão ensurdecedor.

Os três vira-latas se assustam, e aproveito para me atirar sobre a chefa e lhe dar uma mordida de leve no pescoço. Tiro proveito de sua surpresa para sair correndo parque afora.

Quando se reorganizam para me perseguir, já estou longe do contêiner que eles derrubaram, e decidem voltar ao lixo. Eu salvei minha vida, e eles ganharam a batalha pelo banquete formado por restos de salsicha, tacos, hambúrgueres e outras delícias que sobraram dos festejos humanos.

CAPÍTULO QUATRO

INGRID E TIM PREPARAM-SE PARA UMA LONGA busca noturna. Equipados com lanternas e calçados esportivos, por não saberem quanto vai durar a caminhada, reúnem-se em frente à janela do porão.

Ela ilumina o gramado, procurando qualquer rastro deixado por Roshi em sua fuga. De repente, foca a luz da lanterna sobre um ponto específico.

— Olhe, Timmy... — diz, com voz seca. — Aqui a grama tem um pouco de sangue, como se ele tivesse se machucado ao sair.

Ela se ajoelha, cada vez mais angustiada, e toca no chão com a mão livre.

— Talvez... — responde Tim, de mau humor.

A última coisa que ele quer é passar a madrugada procurando o cachorro da irmã, mas precisa fazer isso. *Meu Deus, maldito vira-lata,* pensa. Porém, com um sorriso forçado, estende a mão para Ingrid para ajudá-la a se levantar, dizendo:

— Vamos olhar aqui ao redor. Ele não pode estar muito longe...

— Roshi! Roshi! Onde você está? — Ingrid grita para a noite. No entanto, só quem responde são os grilos de verão.

Os dois dão várias voltas pelo jardim, chamando o cão aos quatro ventos. Desesperada, Ingrid se apoia no capô do carro e olha para Tim, lamentando-se:

— Eu não devia ter deixado ele sozinho. Ele não conhecia a casa e saiu para me procurar...

Sua voz falha e o irmão passa o braço por cima de seu ombro. Ela não quer chorar, mas deixa escapar duas lágrimas espessas e cálidas.

— Vamos encontrá-lo, não se preocupe... — ele a tranquiliza.

O silêncio que segue suas palavras, quebrado apenas pelas respirações deles, é ocupado por uma chuva repentina.

Sem fazer qualquer coisa para se resguardar do aguaceiro, Ingrid prossegue com sua busca, obstinada. Analisa o bosque através da cortina de chuva e depois observa a estrada que leva ao centro da cidade e contorna o parque de onde acabam de regressar. Tremendo de frio, diz:

— Tenho certeza de que Roshi queria me encontrar e foi até o parque atrás da gente. Vamos pegar o carro!

— Não seria melhor descansar esta noite e continuar procurando de manhã cedo?

Ingrid protesta veementemente, mas acaba se rendendo às evidências. Encontrar seu cachorro no escuro e com esse temporal será uma missão impossível. Além do mais, fecham o parque quando as festas terminam. Ela bem sabe que Roshi não gosta de se molhar e deve ter encontrado um esconderijo.

Ela suspira e cruza os braços, envolvendo a lanterna ainda acesa. Com um gesto protetor, o irmão a acompanha até entrarem na casa, enquanto um raio ilumina a rua. O trovão demora um pouco a se fazer ouvir.

A tempestade está se afastando.

Exausta e encharcada por causa da chuva, tudo que quer é se enfiar sob as cobertas e se tornar pequena, quase invisível. Não quer, não deve pensar que depois de Gerard pode ter perdido Roshi também.

CAPÍTULO CINCO

QUANDO PARO DE CORRER, OFEGANTE, me encontro em outra parte do parque. Estou a salvo, porém perdido. Não reconheço nada, e não apenas porque está escuro. Eu "vejo" com meu nariz, e aqui tudo é novo para mim.

Estou mancando de duas patas e a cada tanto preciso me sentar, embora eu odeie esse chão enlameado. A cada passo, a dor aumenta. As lambidas não me aliviam, já que não para de sair sangue dos ferimentos causados pelas mordidas.

Preciso descansar, mas também preciso voltar para Ingrid, por isso sigo adiante, com minhas últimas forças.

Estou com muita sede. Abro a boca sob a chuva, mas isso não é suficiente. Quase não consigo beber nada.

De repente, lembro que cruzei um lago por uma ponte de pedra enquanto escapava daquele bando.

Me custa muito recomeçar a andar. Vejo tudo nublado. Embora meu nariz tenha sido cortado por uma patada, consigo sentir o cheiro da terra que minhas unhas vão removendo.

Felizmente, o lugar não fica longe. Cruzo com dificuldade a ponte de pedra e vou até a margem do lago que se conecta com um riacho. Mesmo sob a chuva, a correnteza produz um som maravilhoso.

Me inclino, com as orelhas e o nariz atentos aos possíveis perigos, e finalmente consigo tomar água. Até isso me dói. Bebo devagar, o máximo que posso.

Ao terminar, descubro que sob a ponte de pedra a grama ainda está seca. Farejo aquela que será minha cama, a melhor que posso arranjar nesta situação.

Protegido da chuva, giro sobre mim mesmo até me deitar como se fosse um novelo. Não demoro muito a adormecer.

Um ruído desconhecido me desperta quando ainda é noite. A chuva parou, mas o ambiente continua muito úmido. O frio tomou conta de meu corpo dolorido. Me endireito e avanço cambaleando. Estou com muita fome.

Ao sacudir a água de cima de meu corpo, perco o equilíbrio e volto a cair sentado. Tento aliviar a dor lambendo uma grande ferida na parte interna da pata esquerda posterior, muito perto da barriga.

Decido seguir a corrente do riacho. Pode ser que assim eu chegue a algum lugar conhecido, longe de vira-latas.

Me viro bastante bem, serpenteando entre pedras e arbustos, enquanto observo as rãs e os peixinhos que vivem no riacho. Minha barriga me avisa que a hora do jantar já passou, mas tenho trabalho suficiente tentando me manter de pé.

Num determinado ponto, a corrente se perde sob um muro mais ou menos da minha altura, coroado por uma grade preta de ferro forjado.

Não conseguiria saltar um obstáculo como esse, mesmo que estivesse bem!

Dou uma olhada do outro lado do muro, onde o gramado e o riacho continuam.

Digo a mim mesmo que vou ter que me enfiar na água para chegar à outra margem.

Desço lentamente até o riozinho. Não é muito fundo, mas chega até a minha barriga. O frescor me cai bem, alivia a dor da pata machucada. Avanço lentamente até chegar ao outro lado.

CAPÍTULO SEIS

INGRID ESTÁ NA CAMA, SEM SONO E AINDA VESTIDA. Tem nas mãos o coelho de pelúcia preferido de Roshi. Seus olhos brilham e a cabeça dói, mas ela se nega a dormir. O quarto está repleto da ausência do cão.

Enquanto escuta o barulho da chuva, continua a pensar no que pode ter acontecido. Tem certeza de que seu companheiro de vida escapou para procurá-la. Talvez até tenha conseguido chegar até o parque e tenha se assustado com as explosões.

Ingrid amaldiçoa os fogos de artifício e a janela aberta. *Por que não vim visitar meu irmão sem Roshi?*, pensa, se torturando. *Nunca ficamos separados nestes três anos...*, responde a si mesma. Fustigada pelo próprio interrogatório mental, tenta praticar o relaxamento, conforme aprendeu com a professora de ioga. Mas não adianta: as respirações profundas se transformam em soluços.

Ela se levanta e caminha em pequenos círculos ao redor da cama.

Precisa se acalmar.

De repente, vê à sua frente o rosto magro de Gerard, com o brilho nos olhos e um sorriso triste, como se estivesse lhe pedindo perdão por não conseguir se curar do maldito câncer.

Ingrid se abraça e chora.

— Depois da morte de Gerard, eu sempre quis ter um cachorro... — sussurra para a escuridão, e recomeça a chorar.

As horas passam. Ela adormeceu sem se dar conta.

Acorda com o frio que penetra nas costas, que estão grudadas à parede. Tudo dói. O corpo, o coração, a alma. O luto por Gerard não diminuiu em apenas três anos, especialmente quando seu apoio na vida anda perdido pelo mundo.

Ela massageia as articulações e as costas antes de se enfiar na cama. Está tão cansada que nem troca de roupa. Já deitada, estica a mão para apagar a luz.

Amanhã já não estará chovendo. Vai começar a procurar Roshi bem cedo e vai encontrá-lo no parque, diz a si mesma, para se tranquilizar. Tudo vai dar certo.

Esgotada de tanto pensar no assunto, adormece com uma mão sobre o peito e a outra agarrada ao bicho de pelúcia de Roshi.

CAPÍTULO SETE

LOGO DEPOIS DE ACORDAR, DOU AS BOAS-VINDAS aos cálidos raios de sol da manhã. Meu pelo ainda está úmido. Me sinto um pouco melhor após ter dormido, mas o ronco de minha barriga me lembra de que não como nada desde a tarde anterior.

Um suspiro profundo brota da minha garganta. Me surpreende. Como o espirro que de repente me lembra que estou ferido até no nariz.

Penso com receio naqueles malditos cães que me deixaram em pedaços.

Minha barriga volta a roncar para me avisar que devo procurar algo para comer.

Ao erguer as costas para me esticar, a dor me leva de volta à briga de ontem. Minha pata traseira esquerda se nega a funcionar. Avançando como posso, com as três patas que ainda respondem, volto ao riozinho para matar a sede. Rastejo um pouco mais, seguindo o curso d'água até chegar a uma pequena cachoeira no solo escalonado. Um pouco mais acima, há uma pedra plana, aquecida pelo sol, que uso para fazer uma pausa. Levanto os olhos para o céu azul. Já não há nem sinal da tempestade da noite passada.

Permaneço algum tempo na pedra, descansando, mas meu temperamento aventureiro se acende quando ouço um barulho ali perto. Apesar de estar mancando, minha curiosidade me leva até um ponto em que a torrente despenca e a água ganha velocidade, formando corredeiras.

Um pouco mais adiante, descubro que a água cai de uma alta cachoeira e despenca em um abismo de rochas pontiagudas. Aqui termina o caminho.

Enquanto procuro outra trilha que me leve a algum lugar, de repente me detenho. Acabo de sentir um cheiro novo. O suave vento de verão me traz o aroma de um ser humano que não demoro a avistar, ao longe.

Uma mulher magra se aproxima da grande cachoeira.

Cauteloso depois da luta com os vira-latas do parque, monitoro seus movimentos sem que ela se dê conta de minha presença. Não a perco de vista, para o caso de ter que fugir de novo. Estou aprendendo a sobreviver.

Seu cheiro se torna mais intenso conforme ela se aproxima: há algo ácido cercando essa pessoa. É muito estranho, porque consigo sentir o cheiro de seu medo, embora não vislumbre nenhuma ameaça por perto.

Sem sair de onde estou, dou um tempo, farejando o ar para decidir se é seguro me aproximar da mulher.

Com muito cuidado, recuo um pouco até desaparecer sob a sombra de uns arbustos. Meu nariz e minhas orelhas se mexem por conta própria, tentando decifrar a informação codificada que ainda não consigo entender.

Por que essa pessoa emite sinais de perigo? Não há mais ninguém aqui a não ser eu, essa mulher e a cachoeira que bloqueia nosso caminho.

Meu rabo começa a se mexer nervosamente enquanto apoio o queixo sobre as patas, meditando. Será que esse humano poderia me dar algo para comer?

CAPÍTULO OITO

A LUZ AVERMELHADA DO AMANHECER É FILTRADA pelas cortinas do quarto. Jenny deixa a caneta na mesa com serenidade, como um japonês a ponto de praticar o *seppuku*, o suicídio ritual.

Dobra cuidadosamente as três páginas que acaba de escrever à mão, como se fazia antigamente. Coloca-as dentro de um envelope, que fecha com esmero. Bota o envelope no centro da mesa e depois o observa de pé, a uma certa distância, absorta como se se encontrasse diante de uma estranha obra de arte.

Uma vez no banheiro, olha-se no espelho. Nada mudou: as grandes olheiras sob os olhos castanhos, o cabelo louro e rebelde roçando os ombros, a pele lívida, os ombros magros e ossudos.

Não se banha. Para quê? Limita-se a refrescar o rosto com um pouco de água e se vira para sair. *Adeus*, murmura ao sair do banheiro, despedindo-se de seu reflexo no espelho.

Veste as primeiras calças que encontra e uma camiseta surrada.

A casa está vazia, como de costume, e fora de seu estúdio tudo está impecável, limpo, organizado de maneira quase obsessiva. Caminha descalça e, antes de sair, examina cada cômodo da casa, como o faria alguém a ponto de realizar uma longa viagem. E de fato é assim.

À exceção de algumas visitas pontuais, ela vive há cinco solitários anos nesta casa. Velhas perguntas como "Será que não estaria melhor em outro lugar?" ou "Será que devia voltar à cidade?" deixaram de fazer sentido.

Calça os velhos tênis New Balance e uma jaqueta, depois sai de casa sem levar as chaves.

Adeus, pensa, deixando para trás o jardim, tiritando de frio com a brisa da manhã.

Seja boa com o próximo inquilino, casa. Contorna o carro, estacionado em frente à propriedade, e decide caminhar até a cachoeira.

Uma lágrima silenciosa desliza pelo rosto. A primeira de muitas. Ela continua desatando essa chuva interior. *Ah, Deus, estou tão cansada de sentir*, diz a si mesma, enquanto seca as lágrimas com a manga da jaqueta.

Embora a decisão esteja tomada, envergonha-se de ser tão fraca e vulnerável. Se tivesse sido mais corajosa quando sua vida começou a decair, lamenta, talvez não tivesse acabado assim.

Seguindo o riacho e as corredeiras, chega à grande cachoeira que cai como uma profunda lâmina nas rochas do abismo. Sem pressa para o que tem de fazer, tira os tênis e molha os pés na água fresca que desliza entre as pedras.

Levanta a cabeça em direção ao sol, deixando que ele seque as lágrimas. Um calor intenso a faz tirar a jaqueta, que coloca dobrada de forma meticulosa ao seu lado, bem em cima dos tênis.

Depois de algum tempo mergulhada em pensamentos, põe-se de pé e olha para o fundo da cachoeira.

Quer saltar, está decidida a fazê-lo, mas não consegue. Tem medo da queda e do golpe final. O corpo enfraquece ao pisar na beira do abismo.

Como sou covarde, repreende a si mesma enquanto se senta de novo. Abraça os joelhos e se pergunta: *E agora, o que faço?*

De repente, uma ideia vem em sua ajuda. Começa a procurar algo nos bolsos da jaqueta de maneira compulsiva.

À noite visitara uma família cujo amado pointer estava na fase terminal de um câncer de estômago. Tinham lhe pedido ajuda para dar fim ao sofrimento dele, mas, quando chegou, o cão já havia falecido. Ficou aliviada por não ter de fazer aquilo.

A injeção destinada àquele pobre cão não voltou para a clínica, ficou em seu bolso, e é tão letal para um mamífero quanto para outro.

Jenny não demora a encontrar o estojo de plástico.

Pega a injeção e a observa na contraluz, com mais curiosidade do que nunca, apesar de ter usado centenas delas ao longo da carreira. Tem certeza de que o pentobarbital também funcionaria nela. O pointer não era nenhum cão dinamarquês de sessenta quilos, mas também não pesava muito menos do que ela.

Suspira e, para se animar, pensa nos animais que teve de fazer "dormir". Todos pareciam ter partido em paz.

Com a agulha na mão, à beira do passo definitivo, Jenny luta contra suas últimas resistências. Convence-se de que não há outro meio de sair do poço sem fundo no qual se afoga cada vez mais.

O rosto tensiona ao retirar a proteção plástica da agulha. Enquanto procura uma artéria no braço esquerdo, a respiração acelera.

Ouve com estranha nitidez o salpicar da água sobre as pedras da cachoeira, o canto dos pássaros e o zumbido das abelhas.

Com a artéria à vista, se dá conta do paradoxo. O corpo começa a se sentir vivo exatamente quando ela está a ponto de lhe dar o tiro de misericórdia.

— Chegamos até aqui — sussurra para si mesma. Aponta a agulha para o centro da veia e fecha os olhos.

Inspira a que deveria ser sua última lufada de ar. *Agora*, diz a si mesma, e está a ponto de enfiar a agulha quando um repentino chapinhar a detém. Dois latidos a fazem abrir os olhos por completo.

Espantada, vê como um golden retriever muito sujo avança entre as pedras escorregadias para chegar até onde ela está.

Sua mão deixa a seringa cair, num ato de reflexo.

Com lágrimas nos olhos, Jenny vai ao encontro do cão, que está machucado. Para evitar que um tropeço o faça cair na cachoeira, pega-o pelas axilas e o arrasta para fora.

Quando estão suficientemente longe do precipício, Roshi começa a gemer para demonstrar sua dor à nova amiga.

O sangue do cachorro dourado faz Jenny despertar de seu pesadelo. Se não fosse por ele, já estaria no sono eterno. Este cachorro bem vale uma vida.

Seu corpo se inclina sobre Roshi, que treme e chora tanto quanto ela. Ambos, salvador e salva, salvadora e salvo, se fundem num abraço que os prende ao mundo.

OS ENSINAMENTOS DE UM CÃO #0
— Notas para uma reportagem —

Quando me falaram pela primeira vez de Roshi, um golden retriever de três anos e 32 quilos, pensei em me limitar a escrever uma reportagem a respeito de sua heroica viagem. As pessoas o conheciam pela televisão e gostariam de conhecer o itinerário de sua aventura, marcando no mapa cada uma das etapas.

Pensei em concluir o artigo falando de outros cães que, historicamente, haviam percorrido distâncias inimagináveis para tentar se reunir com seus amigos humanos.

Ao comentar a ideia com a diretora da revista, ela me repreendeu com as célebres palavras de Bruce Lee - "Abra sua mente..." - e perguntou se eu havia me preocupado em procurar o significado de seu nome, Roshi.

— Na verdade, não... — tive que admitir.

— Eu sabia... No zen-budismo, um *roshi* é um mestre, alguém sábio o suficiente para mostrar a você a luz em meio à escuridão.

— E o que você espera que eu faça com isso? — perguntei.

— Quero que você entre em contato com todas as pessoas que conheceram esse cachorro. Muitas delas mandaram mensagens para o programa depois de vê-lo na televisão. Eu consegui essa lista de e-mails. Na nossa profissão, os contatos são tudo! Quero que você escreva para todo mundo e pergunte, por escrito ou por telefone, quais ensinamentos receberam de Roshi.

— Ensinamentos? — perguntei, chocado. — Só porque esse cachorro tem o nome de um mestre zen?

— Não só por isso, seu cabeça de pudim! — disse a diretora. — Esse cachorro é um autêntico *roshi*. Enquanto tentava voltar para casa, ajudou todas as pessoas que cruzaram seu caminho.

— Algo como kung fu — brinquei —, o monge *shaolin* da série, que peregrina pela América para combater as injustiças e ajudar os necessitados.

— Me parece uma boa analogia. Quero que você escreva uma boa história sobre esse cachorro. Mas, sobretudo, recolha os ensinamentos que Roshi deixou pelo caminho, pequeno gafanhoto.

CAPÍTULO NOVE

À MEDIDA QUE O CHEIRO DE MEDO e morte desaparecem do corpo da mulher inclinada sobre ele, Roshi relaxa. Está esgotado. Ergue o nariz seco e o pressiona contra a orelha direita de Jenny, pedindo ajuda.

Ela volta bruscamente à realidade: o cão que tem em seus braços está gravemente ferido. Uma das patas está sangrando e ele mal consegue caminhar.

Depois de secar as lágrimas, improvisa um curativo ao redor da virilha esquerda do cão com a jaqueta e depois o deita no chão, com cuidado. Prende o cabelo com um elástico e se endireita para olhar ao redor.

Encontra a injeção a poucos passos dali e a joga na cachoeira. Não é a coisa mais ecológica que pode fazer, mas é a melhor que consegue pensar na hora.

Depois, com muito esforço, ergue o cachorro, como se estivesse carregando uma criança. Ele pesa muito, mas não nos resta alternativa, é preciso tirá-lo dali. Se ela ainda está viva é por causa dele, então seu novo amigo de quatro patas também deve viver. No limite de suas forças, aperta a mandíbula com determinação.

Quando finalmente chegam ao jardim dela, Jenny está com a camisa empapada de suor e de sangue. Mal consegue sentir os ombros, e as costas doem horrivelmente. A *dor de estar viva*, pensa amargamente, enquanto se agacha para colocar o cachorro no chão. Aliviada, tem a impressão de que acabou de se livrar de um enorme saco de batatas.

Enquanto observa o golden retriever desmaiado no gramado, Jenny diz a si mesma que este cachorro é seu anjo salvador.

Desnorteada por tudo que acaba de acontecer, tira a camiseta. O top esportivo preto também está molhado.

Verifica se o cachorro está respirando. Ao ver que sim, mostra a língua para ele.

Retira a chave extra de debaixo de um vaso, abre a porta e entra correndo em casa para pegar o celular e duas tigelas com água, que deixa perto de Roshi, ainda colado ao gramado, sem se mexer nem um milímetro. Ela volta para procurar gaze e o kit de primeiros socorros veterinários para limpar as feridas do cachorro.

Roshi acaba de levantar a cabeça para beber água de uma das tigelas, mas é difícil para ele mantê-la erguida. Jenny aproxima o focinho dele da água e o ajuda a engolir um pouco. Depois, pega o telefone e faz uma ligação:

— Steve, sou eu. Sinto muito te incomodar no seu dia livre... Você pode vir aqui, por favor? — pergunta, contendo a respiração.

— Por Deus, Jenny, a casa está pegando fogo ou algo assim? — responde uma voz de ressaca, como se tivesse acabado de acordar.

— Sim, a casa está pegando fogo... Olhe, lamento te incomodar, mas estou com um golden retriever na varanda. Quase me matei carregando-o até aqui. Encontrei-o gravemente ferido, está se esvaindo em sangue. Preciso que você venha nos buscar e que nos leve até a clínica. Poderia fazer isso, por favor?

Ao longo silêncio na linha segue-se um forte suspiro.

— Ok, chego aí em quinze minutos. É melhor ter café.

— Primeiro o cachorro, depois o café. Ande logo! — Jenny o apressa antes de desligar.

Respira fundo. Olha para a frente, mas não enxerga Roshi. Outra imagem ocupa sua mente. Trata-se de outro cachorro: um terrier preto com olhos de chocolate que não conseguiram salvar porque o encontraram tarde demais. Estava com Steve, três anos atrás.

Será que foi quando tudo começou a desandar definitivamente?

Ao limpar a ferida de Roshi, repassa essa relação condenada ao fracasso desde o início. O alcoolismo é um mau companheiro de cama, agora sabe disso. Tantos anos perdidos tentando ajudá-lo, fazê-lo refletir, transformá-lo... Mas a garrafa sempre acabou derrotando as lágrimas.

Jenny suspira e seca o suor do rosto.

Talvez seja hora de começar de novo, ou, pelo menos, de tentar. Hoje de manhã pensou que não conseguia viver com ele nem sem ele, queria sair da vida batendo a porta, mas este animal dourado gemendo em seu jardim a fez mudar de planos.

Cantarola para o cão enquanto acaricia sua cabeça e coça suas orelhas.

— Que bom menino você é! Já estamos quase prontos.

O cachorro deixa escapar um ronco, como dizendo que entendeu.

A mente de Jenny começa a funcionar direito. O desespero nos faz cometer toda espécie de loucuras, como o amor. Destruir a si mesma teria destruído Steve ainda mais, ela sabe disso, sem sombra de dúvida. Teria sido essa sua maneira de se vingar por tantos anos de infelicidade?

Balança a cabeça, surpresa com esse acesso de lucidez.

O cachorro se contorce e solta um grunhido agudo quando ela joga o antisséptico na virilha dele. Steve a ajudará a salvá-lo. Deve isso a ela. Depois, ela vai partir. Talvez até aceite a oferta de emprego na qual nem chegou a pensar quando a recebeu.

Talvez junto com este cachorro..., pensa, antes de concluir com tristeza: *E Steve pode beber até morrer, se quiser.*

Em meio a essas elucubrações, ouve um carro estacionar.

Encolhida junto ao cachorro, contempla a imponente sombra de seu companheiro de trabalho e de infortúnio. Steve está com a cara séria, o cabelo grisalho molhado de suor e a boca lindamente desenhada numa linha dura.

— Steve... — murmura, sem conseguir acrescentar nada mais.

As lágrimas brotam de seus olhos. Odeia-o, mas também o ama. Essa contradição a manteve num círculo infernal que destruiu suas amizades, a relação com os pais, suas economias, a esperança na vida e seu amor-próprio.

Alheio como sempre ao sofrimento dela, Steve parece ter acabado de sair da cama. Nem sequer se penteou. Fede a álcool.

— Ele perdeu muito sangue — ela diz, abaixando a cabeça. — Essa veia perto da virilha está dilacerada. Você vai me ajudar ou o quê?

— Eu vim para isso — responde ele, de mau humor.

Estende a maca ao lado deles e se ajoelha. Juntos, levantam o cão, que geme de dor, e o deitam sobre ela. O curativo de gaze que cobre a virilha está de novo empapado de sangue.

Levam-no de maca até o carro que faz as vezes de ambulância para animais. Enquanto Steve o segura por trás, Jenny corre até a casa para pegar uma camiseta limpa e as chaves. Fecha a porta e entra no carro.

O jipe está sujo e cheio de lixo, como de costume. Ela aperta o cinto de segurança quando ele dá partida no motor.

— Precisamos salvá-lo — implora Jenny. — Se não fosse por ele, eu já não estaria aqui.

Steve não pergunta nada sobre isso. Está com uma aparência tão sonolenta que ela duvida que entenda o que está lhe dizendo.

Sob os cabelos grisalhos, os olhos azuis tentam dar algum sentido ao que ela acaba de dizer, mas ele não está realmente ali. Nunca está.

Jenny vasculha o olhar dele, e ele tenta decifrar o que os olhos escuros dela escondem. Depois volta a prestar atenção na estrada.

CAPÍTULO DEZ

JENNY E STEVE SE SENTAM NA COZINHA no finalzinho da tarde. Roshi dorme, medicado, na sala ao lado, num dos grandes boxes para os pacientes da clínica. Costuraram a virilha do cão. Se ele se recuperar, pode ser que volte a caminhar direito. Também limparam e fizeram curativos nos outros ferimentos, além de lhe dar soro.

O café já esfriou, mas mesmo assim ela o bebe. Steve boceja enquanto lê a sinopse de um DVD na mesa da cozinha. Uma nova peça para a coleção. Durante os primeiros anos, Jenny insistiu em organizar sessões de videoclube para dar alguma vida à comunidade, mas o projeto se encerrou meses atrás por falta de interesse, inclusive por parte de Steve. Todo mundo está se mudando, e os que ficaram não chegam a sentir falta de um cineclube no bairro de Wava, nos arredores de Williamsburg, onde fica a clínica.

Steve vira o DVD para ver a foto de capa. O filme se chama *Quatro vidas de um cachorro*.

— Ei, este aqui tem uma cara boa! — diz ele, olhando para o feliz e sorridente golden retriever na capa do DVD. — E o cachorro é parecido com o que você resgatou hoje no bosque... — acrescenta.

— É verdade. — Jenny suspira. — Adorei esse filme. Fala como até mesmo um cachorro pode ter um propósito neste mundo, e como esse mesmo espírito pode renascer outras vezes em diferentes corpos. Queria que minha vida tivesse um propósito como a desse cachorro...

De repente, a vertigem a invade, como se tivesse voltado à cachoeira onde, de manhã, estava decidida a acabar com tudo. Aquela Jenny a ponto de se aplicar uma injeção letal parece agora uma versão distante e estranha de si mesma, embora sem dúvida ainda esteja viva dentro dela.

Será que voltou a ser aquela alma assustada que abraça a infelicidade?

Ou é sua própria loucura que apresenta diferentes faces?

Steve, que já abriu a segunda cerveja, pergunta com expressão ausente:

— De quem é esse cachorro, Jenny? Fazia tempo que não te via tão apaixonada por um animal. Na verdade, faz tempo que você não se interessa por nada. É como se estivesse morta por dentro.

Jenny fica tensa. Não tem vontade de começar outra discussão que com certeza irá escalar até um nível impensável. Steve está preso ao drama, adora a adrenalina da briga e da reconciliação. Quebrar coisas pela casa toda para depois abraçá-la chorando, fazendo promessas que ela sabe serem vazias, mas nas quais ainda precisa acreditar, como Sísifo empurrando sua pedra interminavelmente.

Não, ela se nega a entrar outra vez nesse jogo.

— Não sei de quem é o cachorro — limita-se a responder, apertando a mandíbula e evitando olhar Steve nos olhos.

— Você viu que o chip não tem nenhuma informação e que ele não usa coleira? Pode ser de qualquer pessoa... E vai ter de ficar aqui pelo menos uns três ou quatro dias para se recuperar. Quem vai nos pagar pelo tratamento?

Jenny não responde. Balança a cabeça e cobre o rosto com as mãos. Tenta avaliar se é seguro dizer a Steve que este cão... Não, definitivamente não pode dizer isso a ele, decide.

— Jenny, olhe para mim — ele exige, respirando como um touro. — Onde você estava hoje de manhã?

Mais silêncio. Ela continua evitando olhar para ele. Sente-se congelada como um cervo diante dos faróis de um carro no meio da noite.

Steve se levanta, contorna a mesa e fica acocorado à frente dela, para olhá-la no rosto. Jenny acha que ele vai bater nela. Já aconteceu mais de uma vez. Fecha os olhos e volta a apertar a mandíbula.

A voz suave de Steve chega aos seus ouvidos como um canto de outro mundo:

— Sinto muito, *cookie*. Estive pensando e... acho que não fazemos bem um ao outro. Pode chorar e gritar se quiser, eu vou entender.

Jenny se sente dentro de um sonho. Seu torturado companheiro está colocando em palavras o que ela vem pensando há tempos e que, por medo e por pena, nunca teve coragem de expressar.

Cautelosa, pensa que isso pode ser uma armadilha para medir sua reação e depois contra-atacar com violência. Mas também pode ser que, com esse cão desconhecido, a luz tenha chegado de maneira misteriosa, uma clareira no bosque que permita a eles seguirem caminhos diferentes.

— O que houve? Não vai dizer nada?

Jenny respira agitadamente. Ainda se lembra que foi Steve quem encontrou o cadáver de sua mãe um ano atrás. Ela tinha um transtorno bipolar e Jenny havia prometido a si mesma cuidar dela, mas fracassou. Desde então carrega uma culpa que, somada à infelicidade e à paralisia vital, quase a levara a seguir pelo mesmo caminho.

— Acho que você tem razão — ela diz, por fim. — Fico feliz que possamos nos separar como duas pessoas civilizadas.

Ele a olha com incredulidade e certo nervosismo. Dá para ver que não gostou do que acabou de ouvir, mas ele se defende voltando ao assunto do cachorro:

— Você não vai dizer onde arranjou esse vira-lata, não é? Muito bem, então é você quem vai ter que arcar com as despesas. Vai ser uma quantia enorme, e não estou querendo pagar nada. Tenho meus próprios problemas, sabe?

Nem precisa dizer, pensa Jenny, surpreendentemente tranquila. Sua mente viaja até o cachorro que descansa, adormecido, num box próximo. Depois se lembra da seringa caindo no abismo. Se conseguiu evitar a injeção letal, nada mais pode matá-la.

— Claro — diz ela, com firmeza. — Obrigada por me ajudar a salvar o cachorro. Agora que vou começar uma vida sozinha, acho que vou ficar com ele. Vou pagar por cada hora de seu trabalho, não se preocupe. Sabe de uma coisa? Acho que esse cão que encontrei também tem um propósito, como aquele do filme. Posso sentir isso.

— Você está louca, e sempre soube disso. Como sua mãe.

Sem aceitar a provocação, o que sai de sua boca na sequência surpreende inclusive a si mesma:

— Vou embora daqui a duas semanas. Você pode ficar com tudo. Recebi uma oferta de emprego em Washington e vou aceitá-la. Agora você pode se mandar e me deixar sozinha? O bar ainda deve estar aberto.

Steve está espantado demais para começar a quebrar as coisas. Olha para ela como se fosse uma desconhecida, o que de certa forma ela é. A Jenny que ele costumava manipular teria discutido, os dois teriam perdido o controle e acabariam abraçados, chorando, antes de fazer amor. Mas esse filme chegou ao fim.

— A porta fica ali, Steve — diz Jenny, suave, porém firme. — Você poderá ser o dono e senhor de tudo isso quando eu for embora, mas, enquanto isso, quanto menos nos virmos, melhor.

Steve esvazia a terceira cerveja de uma só vez e sai sem dizer uma palavra.

Quando Jenny ouve a porta se fechar com menos violência do que esperava, diz a si mesma que está vivendo uma espécie de milagre.

Para atenuar a tensão acumulada, reclina-se na poltrona e fecha os olhos. Se dá conta de que o corpo inteiro dói, mas o coração está leve. Sua respiração é profunda e, de algum modo, sente que há mais espaço para encher os pulmões.

Fica assim por um bom tempo, até se levantar e caminhar lentamente até o banheiro. Joga água na cara e a seca com a toalha. Depois, olha para o rosto em formato de coração, o nariz vermelho, os olhos amendoados, de um castanho-escuro, o cabelo loiro e desarrumado, com o coque desfeito.

Não está tão mal como achava que estava pela manhã. Mas pode melhorar muito.

Aproxima-se um pouco mais de sua imagem, como se quisesse mergulhar no fundo de seus olhos. O fogo cor de âmbar que há neles parece-lhe tão feroz como as batidas de seu coração. Apoia a testa no espelho e fecha os olhos. O frescor do vidro a tranquiliza.

Depois, se afasta e olha para os ombros ligeiramente encurvados, o pescoço fino, os seios redondos e firmes.

— Estou viva — sussurra para a imagem no espelho.

Os olhos ardem quando um leve ganido a chama. Está na hora de ver como está o cachorro. Seu anjo salvador.

CAPÍTULO ONZE

CADA CENTÍMETRO DE MEU CORPO DÓI e não consigo distinguir nenhum cheiro. Estou sozinho. Levanto a cabeça para investigar o lugar escuro e fechado. Tudo gira. Descanso de novo com o nariz entre as patas e choro de desespero.

Logo chega a mulher cujo odor reconheço e abre a porta dessa jaula em que me enfiaram. Agora ela está com um cheiro muito melhor do que quando nos encontramos na cachoeira. Fala comigo carinhosamente e coça minhas orelhas até que eu volte a dormir.

Quando acordo, ela ainda está ao meu lado. Dorme num sofá, ainda vestindo as mesmas roupas.

Consigo ficar em pé, o que já é um sucesso. Me alongo suavemente e sinto pontadas no corpo inteiro. Mas nem tudo são más notícias... parece que minha pata traseira machucada voltou a funcionar!

Não consigo vê-la nem a lamber porque me puseram um colar de plástico que me impede de fazer isso. Tento tirar o colar com as patas dianteiras, mas é inútil. Me dou por vencido.

O barulho que faço ao tentar tirar o colar a acorda. Parece tão surpresa quanto eu por estar aqui. Ajoelha-se ao meu lado e me abraça. Respondo com um gemido e tento lamber sua cara. Sinto um sabor salgado na língua... e isso me lembra que... talvez pudéssemos comer alguma coisa? Dou um pequeno latido para ver se ela me entende... e parece que sim.

Passam-se alguns dias em que ainda durmo muito. Odeio esse colar de plástico e tento arrancá-lo muitas vezes, mas não consigo. Espero que minha amiga me liberte logo. Está cuidando de mim com esmero, e toda vez que acordo ela está por perto.

O outro humano, que cheirava a fruta podre, não apareceu mais.

O descanso, a comida e os mimos dela fazem com que eu me recupere. Todas as minhas patas estão funcionando de novo, e é isso que quero fazer: caminhar e encontrar Ingrid!

Quando saímos para passear pela rua, todos os cheiros são novos para mim.

Não reconheço nada e isso me entristece.

Se eu fosse capaz de falar como os humanos, pediria a minha amiga e cuidadora que me ajudasse a encontrar Ingrid.

Ela é muito amável comigo, mas suspeito que não faça ideia de que pertenço a outra pessoa. O que estará acontecendo com minha velha amiga? Onde está e por que não vem me buscar?

Embora eu não entenda o que a mulher me diz e ela me chame por um nome que não conheço, sua voz me reconforta.

Ela toca meu focinho com cuidado. Suas mãos são suaves e cheiram bem. Ela continua a falar. Sem entender as palavras, sei que quer me dizer algo assim: *Não sei de onde você saiu, mas prometo cuidar de você.*

Eu também, amiga.

CAPÍTULO DOZE

JENNY EXPLORA WILLIAMSBURG em busca de cartazes de animais perdidos. Procura-se um chihuahua, um cocker spaniel, vários gatos com cara de tédio, até mesmo um coelho gigante, mas ninguém está à procura de um cachorro dourado. É uma pena, porque é um bom garoto, e, apesar de estar se curando, ela vê que ele está muito triste.

Faz dias que só fica olhando para a entrada da clínica, como se esperasse que alguém viesse buscá-lo. Mas não aparece ninguém.

Jenny fica de coração partido, porque vê que o cão está sofrendo, mas não é o tipo de dor que ela consiga tratar com medicamentos.

— Tenho uma boa notícia, Robin: vamos para casa!

O cão não reage, continua a olhar para fora, de cabeça baixa.

Jenny aproxima a coleira de seu nariz e repete o que acabou de dizer. Ele levanta os olhos, ligeiramente interessado.

Com a outra mão bem em frente ao focinho, apresenta-lhe umas coisas suculentas e cheirosas, que fazem cócegas em seu nariz. Primeiro ele afasta a cabeça, mas depois sua barriga começa a roncar e ele se deixa levar. Cheira a palma da mão com os petiscos, que sorve com cuidado e engole sem mastigar.

— Tenho mais em casa... — Jenny sussurra. — Vamos?

Depois de se alongar, o cachorro se sacode, disposto a caminhar.

— Assim é que eu gosto, Robin, vamos sair daqui! — fala Jenny, acariciando as costas dele.

A última semana na clínica passa voando. Jenny está ocupada se despedindo de todos os clientes e mascotes. Explica-lhes que Steve ficará responsável pelas consultas assim que ela partir. Quando perguntam onde seu companheiro está agora, Jenny se limita a responder que ele tirou umas férias.

A verdade é que mal tiveram contato desde que ela o expulsou da clínica. Falaram algumas vezes por telefone e ela confirmou a mudança para Washington, deixando a clínica e a casa alugada à disposição dele. Como tanto a clínica quanto a casa estão no nome dos dois, Steve terá que ir até a imobiliária para passar os contratos para o próprio nome.

Enquanto isso, Jenny só pensa no golden retriever. Faz tanto tempo que não tem por perto alguém que precise dela...

Sabe que os cães também podem se deprimir, mas nunca precisou cuidar de um com esse problema. Robin parece estar no fundo do poço, tanto quanto ela estava antes de conhecê-lo.

Amanhã ela vai tirar os pontos dos machucados. A virilha está quase curada e ele já caminha bastante bem, mas a luz de seus olhos está apagada. Parece não se interessar por nada. A única coisa que o motiva são os longos passeios diários, de manhã e à tarde.

Ele sempre quer tomar direções misteriosas. Jenny deixa que o cachorro escolha o caminho. No entanto, nunca conseguem chegar aonde ele quer. Quando chegam em casa, volta a ficar apático. Passa a maior parte do dia dormindo, como se esperasse acordar junto de sua amada Ingrid.

Depois de duas semanas, Jenny está acabando de encaixotar tudo que precisa para se mudar. Todas os cômodos da casa estão cheios de caixas. Na cozinha, ela trata de envolver as taças de vinho em folhas de jornal quando escuta uns latidos excitados vindos do corredor.

— O que houve, Robin? — pergunta, dirigindo-se à sala. — Encontrou alguma coisa?

Espantada, vê que o cão achou um jeito de se meter debaixo de um enorme papel de embrulho, apenas o focinho e o nariz de fora. Também consegue enxergar um rabo que não para de se mexer na parte de trás do papel.

— Ok, ok... Vou levar você comigo — diz ela, ficando de quatro, como se também fosse um cachorro. — Ou você achou que eu ia te deixar aqui?

Jenny levanta com cuidado o papel e descobre os escuros e faiscantes olhos castanhos do cão. Quando ele capta seu olhar, late outra vez e começa a recuar, mexendo o rabo ainda mais.

Ela está feliz por vê-lo finalmente querendo brincar. Tenta agarrar a cabeça do cão, que recua rapidamente, empurrando uma pilha de caixas vazias, espalhando-as em todas as direções. Uma cai sobre ele, cobrindo sua cabeça.

Jenny explode numa gargalhada.

O cachorro começa a correr pela sala com a caixa enfiada na cabeça. Bate no móvel da televisão, depois numa coluna de caixas de livros, que vem abaixo ruidosamente.

Robin reencontrou o gosto pela brincadeira. Ela só espera que ele não quebre o pescoço, agora que está se recuperando.

O cachorro avança na direção dela, com a caixa na cabeça, e grunhe. Quando consegue se desvencilhar da caixa, se joga sobre Jenny, que cai no chão, derrubada por aquele monstro alegre de pelo dourado. Com a língua ágil, ele a beija muitas vezes nas bochechas, nas orelhas e na cabeça.

— Ah, por Deus, Robin. — Ela ri às gargalhadas, enquanto o cão se remexe em cima dela. — Chega!

Jenny se endireita e envolve o focinho do cão com as mãos. Coça o pescoço e o queixo dele. Ele a deixa fazer isso. Depois, se solta e começa a latir.

— Fico feliz de ver que você tem tanta energia para brincar! — diz Jenny, levantando a camiseta para limpar o rosto de tanta saliva canina.

Põe as mãos nos quadris e dá uma olhada na casa. Depois de quinze anos morando ali, percebe que não se sente mal em deixá-la. E se alegra com o fato de que as últimas lembranças na casa sejam protagonizadas pelo cachorro dourado que volta a latir, pedindo que o show recomece. Junto dele, entendeu que a vida é cuidar e se deixar cuidar, mas também é um jogo.

Depois de mais de duas semanas junto a Robin, ela se sente preparada para tudo isso, o que significa que está pronta para viver.

CAPÍTULO TREZE

DESDE QUE ESTOU COM JENNY, ando muito mais ativo, sobretudo desde que ela me livrou daquele odioso colar transparente que me fazia bater em tudo que é canto. Agora consigo me lamber onde bem entendo.

Durante a noite, escuto como ela respira lenta e profundamente. Já não acorda assustada e nem chora, como fazia quando cheguei.

Ainda não me deixa subir na cama, mas eu a vou conquistando pouco a pouco. Depois de sair da clínica, no início eu tinha que dormir na sala. Agora já posso descansar num tapete ao lado de sua cama.

Ela está muito melhor, e eu também, então logo vou ter que continuar procurando por Ingrid. Algo dentro de mim diz que ainda preciso esperar um pouco. Jenny é como um filhote perdido que ainda não sabe se virar sozinho. Passo as manhãs na varanda, descansando na sombra, enquanto ela vai enchendo essas caixas que estão por toda a casa. Fico lambendo com muito cuidado as feridas que restam. E passo muito tempo farejando o ar, para ver se capto o rastro de minha velha amiga.

Desde que a conheci, sempre quis protegê-la, como quando farejo que Jenny está triste ou teve um pesadelo.

Sempre ao meio-dia recebo a visita de uma borboleta, que hoje também me faz companhia. Nos primeiros dias, tentei caçá-la, mas ela sempre escapava. Agora, cada vez que ela volta, meu focinho a segue, mas fico quieto. Gosto de vê-la como uma flor em pleno ar.

Esta noite, ao me deitar junto à cama de Jenny, sinto um calor diferente na barriga, como se algo estivesse a ponto de mudar. Acho que ela quer abandonar este lugar. E eu também, embora tenhamos missões diferentes.

Estou com tanta vontade de seguir viagem que não consigo parar de mexer o rabo, batendo-o ritmadamente contra o tapete. Da cama, Jenny me pergunta:

— Para quieto, Robin, o que está acontecendo com você?

Sigo martelando com o rabo e ofegando, com um sorriso na boca.

— Você é uma máquina de felicidade, companheiro... — continua ela, estendendo a mão para coçar minha cabeça. Como resposta, lambo sua mão.

— Ok, ok... Já sei o que você quer — diz ela, com voz de sono.

Em seguida recolhe a mão e dá duas batidinhas na cama, ao seu lado. Apoio as patas dianteiras sobre o colchão. Posso subir na cama? Mesmo?

Tem certeza?

— Vamos, carinha, eu quero dormir... Suba!

Não hesito um só instante em pular na cama, como fazia todas as noites com Ingrid.

CAPÍTULO CATORZE

QUANDO ROSHI ABRE OS OLHOS, Jenny ainda dorme profundamente. Ele chega mais perto para cheirá-la. Confirma que o aroma tranquilizador que sentiu ontem à noite ainda persiste.

De repente, um barulho do lado de fora o faz aguçar os ouvidos. Lambe o rosto de Jenny, que boceja e alonga os braços.

— Olá, companheiro... Quer comer alguma coisa ou prefere dar um passeio?

Para indicar a ela que prefere começar pelo passeio, Roshi pula da cama e corre para a porta.

— Não seja tão impaciente... Já vou!

Ao atravessar o apartamento descalça, Jenny se sente renovada, como se tivesse dormido cem anos e um mundo novo esperasse por ela lá fora. Roshi a chama latindo alegremente.

— Já vou! — grita, vestindo uma bermuda e um suéter leve. O cão a espera na porta, batendo com as patas na maçaneta, tentando abri-la.

— Quanta energia! Você gosta de dormir na cama, não é? — diz Jenny, procurando a coleira.

Não a encontra, deve estar no meio do caos da sala.

Contra o próprio bom senso, decide que o cão pode sair sem ela.

Inclina-se para coçar sua cabeça e olhá-lo de frente. Os olhos castanhos do cachorro se cravam nos seus com tanta ternura que derretem seu coração.

— Robin, não se afaste, ok? Não sei onde está a coleira, mas acho que você é um bom garoto e não vai escapar.

Ele abana o rabo como um chicote e late.

— Certo, vou tomar isso como um sim... Passemos nossa relação para outro nível, sr. Robin, depois de nossa primeira noite na cama — diz Jenny, piscando para ele.

Ela abre a porta e deixa que o cachorro saia correndo. Depois, vai atrás dele.

Roshi corre pelo jardim com a energia de outrora. Pode sentir o cheiro da fragilidade da amiga humana que olha para ele, descalça, da porta. Dela chega um suor agridoce que ele interpreta como preocupação, então corre até a veterinária e se ergue sobre as patas traseiras, pulando para lamber seu rosto.

Ela ri, feliz.

Roshi sabe que ela vai ficar bem sozinha, mas ainda não é o momento. Seu estômago vai avisá-lo quando chegar a hora. Dá algumas voltas correndo ao redor do jardim enquanto ela calça sapatos para passearem.

Quando o vento lhe traz um cheiro remotamente conhecido, ele para de chofre. Levanta o focinho e late para a brisa que acaricia seu pelo.

CAPÍTULO QUINZE

— **BOM DIA, QUERIDOS** — **ANNIE FALA PARA TIM**, seu esposo, e Ingrid, ambos sentados à mesa da cozinha. — Alguém quer café?

Tim tosse e assente, enquanto se levanta para pegar um copo d'água.

Ingrid ergue os olhos da revista que está lendo e balança a cabeça.

— Obrigada, Annie. Não acho que exista um café capaz de curar um coração partido.

— Sinto muito por ter ficado tanto tempo fora. Tive que ficar com minha mãe na Flórida durante as férias de seu cuidador — explica ela ao passar por Tim e beijar seu rosto. — Vocês têm alguma notícia...?

— Nada de nada — diz Ingrid, que nunca teve uma química muito especial com a cunhada. — Além de rastrear de cabo a rabo os arredores da casa e o bosque, andamos pelo parque durante horas. Também deixamos cartazes com uma foto dele em cada loja, farmácia e centro veterinário da cidade. — Fica um tempo olhando pela janela e, como ninguém diz nada, declara: — Acho que já era. Passaram-se duas semanas.

Dito isso, deixa cair a revista e esconde o rosto entre as mãos.

É difícil dizer qualquer coisa. Tim olha para Annie em busca de ajuda. Está cansado de tudo isso e ela sabe, conversaram ontem à tarde quando ela chegou. Annie suspira e balança a cabeça. Começa a preparar o café na velha cafeteira italiana, com capacidade para seis cafezinhos.

O canto de um pássaro indiferente à chuva suave preenche o vazio das palavras.

Annie deixa a cafeteira em cima do fogão. O roupão florido de verão esvoaça ao seu redor enquanto ela se detém atrás de Ingrid. Põe uma mão sobre o ombro direito dela, com os olhos fixos em Tim, antes de voltá-los para a cunhada.

— Sinto muito, Ingrid. Sei que você amava esse cachorro.

Ingrid levanta a cabeça lentamente, virando-a em sua direção e olhando-a com lágrimas nos olhos.

— Também sei que você fez tudo que pôde — continua Annie.

— E Tim também.

As duas mulheres se olham. Décadas de silêncio ergueram um muro entre elas. À medida que o sol se eleva sobre o horizonte, mais pássaros se animam a cantar, e um deles, recém-chegado, possivelmente um cardeal, lança seus trinados acima de todos os outros.

— Obrigada, Annie. Preciso voltar para casa, por mais que eu odeie fazer isso sem Roshi.

— Imagino. Quando era bem jovem, eu tinha um gato, e sempre que ele não voltava...

— Annie... — Tim limpa a garganta. — Não acho que seja o melhor momento para...

Ambas olham para ele: uma, com raiva; a outra, com cansaço. De repente a chuva para e o sol sai, desenhando sombras sobre a mesa e as xícaras. Que silêncio mais desconfortável para uma manhã tão linda.

— Não se preocupe, Tim. Estou bem — diz Ingrid, que se levanta e segura as mãos da cunhada. — Obrigada por se preocupar, querida. Não é tão trágico quanto perder Gerard, mas dói. — Respira fundo e olha mais uma vez pela janela. — Vou dar um último passeio antes de pegar a estrada. Será uma viagem longa, e dessa vez vou estar sozinha.

— E seu café da manhã? Não quer comer alguma coisa? — pergunta Annie.

— Não, querida. Obrigada, mas estou sem fome.

Ingrid dá um beijo no rosto de Tim e sai da cozinha bem na hora que o café começa a ferver, exalando um intenso aroma.

Annie apaga o fogo. Não há nada a dizer.

Serve café para si mesma e para o marido. Os dois ficam olhando o novo dia. Açúcar, leite, os pios dos pássaros, a luz do sol que se levanta suavemente. O mundo desperta para mais um dia. Permanecem calados até ouvirem Ingrid fechar a porta. Então Annie olha para Tim e diz:

— Não é culpa sua. É só um cachorro. Já está na hora de você parar de se culpar.

CAPÍTULO DEZESSEIS

— **DONA EVANS? PODEMOS ENTRAR?**

São sete e quinze da manhã. Poderia ser uma manhã qualquer de terça-feira antes de sair para passear com Robin, como nas últimas duas semanas e meia, mas está na hora de seguir caminho para realizar novos sonhos.

O dia está agradável e ela gosta que os homens da mudança sejam pontuais.

É um bom sinal.

O cachorro late quando eles se juntam em frente à entrada. Ela o segura pela coleira ao abrir a porta para o chefe da equipe, que conhece há tempos e que se dedica a fazer todo tipo de carreto naquela área da cidade.

— Claro que sim, Antonio. Me dá um segundo. Preciso tirar o cachorro do caminho, já abro para vocês.

— Ok. Enquanto isso vamos tirar os carrinhos de mão do caminhão e pegar algumas cordas.

— Perfeito.

Jenny fecha a porta. Vai até a cozinha, pega alguns petiscos para Robin e os coloca nos bolsos da calça. Em seguida, procura a coleira e desta vez a encontra facilmente. O cão parece estar nervoso, anda atrás dela pisando em seus calcanhares.

— Ok, Robin. Olhe... — Ela mostra a coleira. — Sentado.

Ele a obedece e ela coloca a coleira, depois lhe dá um petisco. Após engolir, o cão olha para ela ansioso, esperando mais.

— Bom garoto! — ela diz, coçando a cabeça dele. — Vou te levar para o carro, Robin, quero que você me espere ali. Vai ter um movimento muito grande por aqui e você poderia se machucar.

Ela vai para o jardim com o cachorro em seu encalço, farejando o terreno. Enquanto se encaminham para o carro, ele anda mais lento e precavido do que de costume. Jenny abre a porta de trás para Robin, depois abaixa as janelas até a metade, para o ar entrar.

— Agora tenha um pouco de paciência, ok? — pede ela, coçando as orelhas e acariciando o dorso dele.

Sua agitação acaba contagiando o cachorro, que geme um pouco quando ela fecha a porta. O nariz dele logo encontra a janela e Robin põe a cabeça para fora.

Jenny ri, nervosa, e tira o suéter. Oferece-o ao cão, que o agarra com os dentes e o joga dentro do carro. Então ela sai correndo para atender os homens da mudança, que a esperam.

— Vejamos... Temos um total de setenta caixas, e também enviei a lista completa dos móveis que me pertencem — diz ela, andando pela casa. — O resto faz parte da propriedade.

— Não se preocupe, dona Evans — diz Antonio. — Pra gente, isso é moleza, é o que fazemos todos os dias.

Dito isso, começa a dar instruções aos funcionários, que já estão empilhando caixas nos carrinhos e levando-as para o caminhão que fará o trajeto até Washington.

— Vamos carregar tudo em pouco mais de uma hora — garante o chefe. — Somos rápidos. Se precisar de ajuda para levar suas coisas até o carro, é só falar. Os rapazes te dão uma mão.

— Obrigada, Antonio, se precisar eu te digo.

Jenny entra pela última vez no estúdio para verificar se tudo o que levará consigo está ali.

Assim que terminam de carregar o caminhão, os homens a ajudam a colocar as coisas no porta-malas do carro. Roshi acompanha as operações com grande interesse. Depois de tudo guardado, Jenny se despede dos homens da mudança.

Vão se reencontrar em Washington, onde ela deve chegar antes do caminhão carregado. Ela tem tempo de folga, já que a equipe programou uma parada para comer.

Antes de Jenny pegar a estrada, o cão sai para fazer suas necessidades e alongar as patas. Também ganha um pouco de água e comida.

Vai depender do trânsito, claro, mas seu novo lar se encontra a pouco mais de quatro horas de carro.

Antes de entrar no veículo, Jenny tira a coleira do cachorro e propõe:

— Vamos fazer um último arremesso, Robin?

Olha para a casa, tira do bolso uma bola de tênis e a lança em direção ao lar que está a ponto de abandonar para sempre. Quando o cachorro lhe devolve a bola, ela repete o exercício mais três vezes, depois caminha até a varanda e suspira.

Não consegue deixar de entrar na casa uma última vez. Sem os pertences dela, parece outra casa. Já não é o seu lar. O cachorro vai atrás, de aposento em aposento, xeretando de vez em quando.

Por fim, Jenny fecha as janelas e a porta, deixando as chaves da moradia e as da clínica na caixa de correio, conforme combinou com Steve.

— Vamos embora, Robin. Já não temos nada para fazer aqui.

CAPÍTULO DEZESSETE

— TEM CERTEZA DE QUE NÃO QUER QUE EU TE ACOMPANHE? — Tim pergunta, preocupado, enquanto ajuda a irmã a colocar as malas no Citroën branco, além de uma cesta de piquenique com os pratos e a comida de Roshi e seu coelho de pelúcia.

— Estou bem, obrigada — responde ela.

Ingrid organiza as coisas no porta-malas com uma expressão séria. Somente quando o fecha com um golpe seco olha para o irmão.

— Não foi culpa sua, Timmy. E você precisa descansar mais que eu. Você tem que fazer um check-up médico, eu imploro. Você não está com uma cara boa. Annie tem razão — alfineta.

Depois alisa o cabelo fino e branco, jogando-o para trás com as duas mãos e prendendo-o com um elástico.

— Annie sempre tem razão, não é? — responde ele, piscando para ela. — De qualquer maneira, dê um jeito de parar algumas vezes. E durma sempre que estiver cansada — acrescenta, fechando o zíper de um moletom leve.

São sete horas da manhã e ele preferia estar na cama. A essa hora, mesmo no fim de julho, o ar é bastante fresco.

— Sou uma motorista experiente, maninho... Vou ficar bem. Já fiz reserva em duas hospedarias, as mesmas em que fiquei com Roshi quando vim para cá. Talvez passe uma terceira noite em uma amiga antes de chegar em casa. Não estou com pressa, sabe? Assim que sair daqui, não terei ninguém para cuidar além de mim mesma.

Tim coça a nuca e passa o peso de uma perna para a outra, como faz frequentemente. Nas últimas semanas, pensou muito nesse assunto e não chegou a nenhuma conclusão. O cachorro desapareceu como se tivesse sido engolido pela terra.

Apesar de tudo, a vida continua. Não tem culpa de Ingrid estar sozinha. Inspira profundamente antes de abrir os braços para ela.

— Venha aqui, maninha. — Ela se aproxima e os dois se abraçam. — Fico feliz que você tenha vindo.

— Também gostei de te ver. Mande lembranças para Lance, Sophie e Eva. Que menina mais doce...

— Claro. E espero que não leve mais seis anos para a gente voltar a se ver.

Quando ela se afasta, ele a deixa ir.

— Você também poderia me visitar, Tim.

— Você sabe que Annie...

— E você sabe que Gerard estava morrendo — ela responde, firme, cortando a discussão definitivamente.

Tim volta a ficar sem palavras. Balança a cabeça e olha para o chão. Ingrid se arrepende de ter dito o que disse, mas agora é tarde.

— Cuide-se, mano. E se souber algo de Roshi, por favor, me fale.

— Farei isso, não tenha dúvida. Me mantenha informado durante a viagem, ok?

— Obrigada pela sua hospitalidade, Tim — agradece ela antes de dar um beijo rápido no rosto dele.

Depois vai até o carro, recolhe a longa saia branca, que ondula no ar, e ocupa seu assento, prendendo o cinto de segurança.

— Me ligue quando for ao médico! — pede a ele pela janela aberta, antes de arrancar.

— Adeus... — sussurra Tim, acenando conforme se afasta.

CAPÍTULO DEZOITO

JENNY ESTÁ COM A MENTE LIMPA, sente uma leveza e uma alegria desconhecidas. Quando sai da rodovia, logo antes de chegar à estrada que cerca Richmond, se dá conta de que Robin passou a última hora com o nariz grudado na janela de trás.

Ela interpreta isso como um bom sinal. O cão está pronto para novas aventuras. Sente-se contente por finalmente ter deixado Williamsburg e as amargas lembranças de sua vida com Steve para trás.

Está impaciente para se instalar em seu novo apartamento e começar outra vez. Não que Washington a deixe animada, sempre se sentiu meio provinciana, mas lá certamente as coisas serão muito melhores para ela do que em Williamsburg. Há muitos eventos culturais, e ela inclusive tem alguns "amigos", dois colegas de faculdade que estão trabalhando por lá, um deles numa clínica do centro e o outro num subúrbio.

Vai ser divertido vê-los de novo, pensa ao entrar num posto de gasolina.

Quando para, o cachorro geme um pouco e mexe na porta com a pata para tentar abri-la. Quer sair.

Jenny solta o cinto de segurança, vira-se para ele e acaricia sua cabeça.

— Um momento, companheiro. Sei que você quer sair para esticar as patas, mas primeiro vou encher o tanque. Vou abrir um pouco a janela para que entre um pouco de ar.

O cão continua a arfar e a ganir. Ela estende a mão para coçar as orelhas dele e murmura algo tranquilizador.

Enquanto Jenny enche o tanque, Roshi enfia as patas sobre o vidro da janela semiaberta. Ela o manda recuar. O cão a obedece, dá algumas voltas sobre si mesmo e finalmente volta a se sentar, sem perdê-la de vista em nenhum momento.

A veterinária pega a carteira e se dirige à máquina para pagar com seu cartão de crédito. Depois entra de novo no carro e vai até a área de estacionamento e descanso, na parte traseira do posto.

Após puxar o freio de mão, procura a coleira, mas não a encontra. Não está junto com as coisas do cachorro, tampouco no porta-malas. Suspira.

Fecha o porta-malas e abre a porta do carro para Roshi. Antes que o cachorro consiga sair, ela o intercepta com o corpo e diz a ele:

— Robin, isso é muito perigoso. Está cheio de carros e não encontro sua coleira.

O cachorro não se cansa de forçar com as patas, tentando encontrar uma saída.

— Robin, pare, por favor! — pede ela, tomando sua cabeça entre as mãos. — Sei que você não pode esperar, mas me deixe encontrar uma solução.

O cão lambe seu rosto com fervor.

— Ah, Deus, acho que você está precisando de alguma coisa para refrescar esse bafo...

Ela enxuga a lambida do cachorro com a manga da camisa, depois o segura pela nuca e o deixa sair do carro. Sem soltá-lo, Jenny fecha o carro e joga a pequena mochila no ombro.

O cão não tenta se soltar e aceita ser levado até um canteiro gramado onde faz suas necessidades. Depois, os dois se sentam.

— Bom garoto, Robin — ela diz, tirando um petisco do bolso e oferecendo a ele, que o engole alegremente.

Eles andam até uma área de piquenique, que fica a uns cem metros, ao lado de uma trilha florestal. Assim que chegam, ela o solta.

O cão permanece ao lado dela, e Jenny se pergunta quem o ensinou a ser tão obediente e, sendo assim, como diabos ele se perdeu.

Sentando-se em um banco junto a uma mesa vazia, tira da mochila um sanduíche que havia preparado para comer no caminho. Quando vê o cão farejar ao redor do banco, dá a ele um pote com água e outro com ração.

O cão come tudo, como se não tivesse comido nada pela manhã, e bebe a água ruidosamente.

Quando termina, sai disparado em direção a uns arbustos.

CAPÍTULO DEZENOVE

NÃO CORRI ATÉ AQUI PARA DEIXAR outra lembrancinha. Vim perseguindo um cheiro que me lembra... Sim, poderia ser Ingrid. Será que ela passou por este lugar? Será que está me procurando?

É um rastro muito tênue, depois de tantos dias, mas isso me diz que ela esteve aqui perto. Sigo a pista como um detetive, até uma mesa próxima à de Jenny, que me observa com expressão impaciente.

Não é por aqui, agora sei. Levanto o nariz. Minhas orelhas captam sons de todas as direções, e todo o meu corpo está tenso. Esse cheiro quase imperceptível me leva de volta aos arbustos.

Então ouço a voz de Jenny, que me chama para voltar.

Aproximo o focinho do chão, bem devagar, enquanto me preparo para me despedir, com pressa. Não há outra maneira, preciso partir agora.

Vou até onde Jenny está, dou umas lambidas em suas mãos e depois ponho as patas dianteiras no colo dela e lambo também o seu rosto. Ela ri e me abraça. Consigo sentir inclusive as batidas de seu coração. Como eu gosto dessa humana! E não só porque salvou a minha vida e cuidou de mim.

Lamentavelmente, pertenço a outro lugar.

Espero que você encontre alguém de quatro patas para amar, digo a mim mesmo enquanto ela acaricia minhas costas várias vezes.

É esse o momento, não posso esperar. Com muita dor no coração, saio correndo em direção aos arbustos.

— Robin!

Sei perfeitamente o que ela quer, mas devo seguir o distante aroma de Ingrid. Preciso encontrá-la.

Já no mato, viro a cabeça para observar Jenny, que me chama aos gritos, correndo em minha direção. Ela para a poucos passos de onde estou. Acho que está tentando adivinhar quais são as minhas intenções.

Ficamos olhando um para o outro durante um bom tempo. Um pequeno ganido escapa de minha garganta. Os olhos dela parecem muito assustados, seu ritmo cardíaco dispara e sinto o cheiro pungente de seu suor.

— Robin, vamos... — ela insiste, a voz baixa.

Sem deixar de olhar para ela, levanto o focinho. Seu cheiro é o de uma pessoa segura e saudável. Solto um suspiro. Já posso ir embora de verdade.

Dou alguns latidos como despedida. Quando Jenny dá um passo em minha direção, desato a correr para o meio dos arbustos, de onde parte uma trilha pelo bosque.

Corro o mais rápido que posso, seguindo o caminho que me leva para longe da área de piquenique. O terreno é plano, de terra, e depois de alguns minutos aparece uma curva à esquerda, com uma ligeira elevação.

A voz de Jenny vai ficando cada vez mais fraca, até desaparecer.

Os arbustos esparsos logo dão lugar a árvores altas e frondosas. A trilha desaparece e diminuo a marcha, seguindo um rastro cada vez mais tênue. Conforme adentro o bosque, ele se transforma num lugar misterioso, cheio de sons. O zumbido dos insetos e o canto dos pássaros parecem zombar de mim, como se dissessem: para onde está indo, seu cão vagabundo?

Quando chego a uma clareira, já perdi qualquer coisa que possa lembrar Ingrid. E agora, o que fazer? Levanto o nariz. Há apenas um pouco de brisa, vinda de outra direção. Ingrid não esteve aqui, e não há nenhum cheiro para seguir.

Tento recuperar o rastro, farejando em todas as direções, mas não encontro nenhuma pista que sirva. Uma cadela passou por aqui há pouco tempo. Também detecto a passagem de animais menores. Das profundezas do bosque me chega o cheiro distante de uma fera.

Me sento à sombra de uma árvore enorme. Ofegante, olho ao redor. Sinto calor, tenho sede.

O que faço agora?

Me deito para descansar um pouco. A grama faz cócegas no meu nariz e me faz espirrar. Cheiro-a mais de perto: tem um cheiro delicioso, amargo e fresco.

Mastigo um pouco de grama e gosto do sabor. Estico o pescoço para comer um pouco mais.

Preciso encontrar água, é lógico. Mas a verdadeira questão é: por onde seguir?

Enquanto tento me decidir, recordo os aromas de casa. O cheiro de canela misturada com leite e café. As botas de Ingrid, que eu gostava tanto de morder. Seu odor picante e quente quando se zangava comigo.

Todas essas lembranças me animam a seguir em frente.

Farejo cuidadosamente as árvores em volta da clareira. Lambo o caule de algumas delas e marco outras.

Um vento quente penetra pelas folhas avermelhadas dos bordos. Meu olfato tenta captar as notícias trazidas pelo ar. Até que, de repente, algo me provoca um solavanco. Como se meu nariz fosse um ímã atraído por algo, giro no mesmo lugar, traçando um círculo com o focinho.

Ao enfiar o nariz num matagal, sinto um repentino calor na barriga. Isso pode ser um sinal. Na falta de coisa melhor, decido seguir por ali. Antes, porém, deixo uma última gotinha à beira do novo caminho. A quem interessar possa: Roshi esteve aqui.

CAPÍTULO VINTE

DEPOIS DE ANDAR QUASE UM QUILÔMETRO pela trilha do bosque, Jenny desiste de continuar procurando por Robin. É um bosque enorme, cheio de trilhas e bifurcações, e, a julgar pela velocidade que ele corria, já deve estar bem longe.

Por que ele fez isso?

Quando faz o caminho contrário para voltar ao carro, sente uma pontada de tristeza no peito. Não se trata, porém, daquela dor familiar que nasce do desespero, mas da dor de ver um bom amigo se afastar, sem saber se vai encontrá-lo outra vez.

Esfrega os olhos chorosos enquanto retorna à área de piquenique, que agora está quase vazia, e se dá conta de que deixou a porta traseira do carro aberta. Poderia ter sido roubada, mas não sente falta de nada, a não ser de Robin.

Está envergonhada e triste por ter perdido o cão. *Bem*, pensa, *na verdade não o perdi, ele é que decidiu ir embora. E parecia saber aonde ia.*

Ela tenta se consolar com isso.

Em todo caso, precisa beber alguma coisa antes de voltar a dirigir com o peso desse desgosto tão grande.

Pega a mochila, fecha o carro e vai para a loja do posto de gasolina, mergulhada em pensamentos.

Tentando ser positiva, lembra que abandonou a cidade da dor e largou Steven. Ganhou inclusive uma batalha contra a morte. Está aqui, num posto de gasolina, movendo-se, respirando e a caminho de sua nova vida.

Inspira fundo e entra na loja. Escolhe uma bebida vitaminada, chicletes mentolados e chocolate amargo. Deposita tudo em frente à moça do caixa.

— Isso é tudo? Quer um chá ou café?

— Não, obrigada.

Enquanto a funcionária escaneia os códigos de barras, os olhos de Jenny se fixam, espantados, num cartaz preso no mural de anúncios, bem ao lado do caixa.

— Ah, merda... — não consegue deixar de exclamar.

— Perdão? — pergunta a moça. — Disse alguma coisa?

— Estava falando sozinha... Sinto muito. Quanto é? — pergunta, esboçando um sorriso nervoso.

Paga rapidamente e guarda as compras na mochila, se aproximando para ver o cartaz em folha A4 pregado no mural de anúncios.

Um focinho e um par de olhos castanhos como mel a saúdam. Esse sorriso canino, feliz e pleno, não é outro senão o do cão que ela conheceu tão bem nos últimos vinte dias. Não há dúvida, é ele! Olha para a câmera como se estivesse cansado depois de uma longa jornada buscando bolinhas de tênis.

Jenny leva a mão ao peito, tentando conter as batidas aceleradas do coração. É difícil assimilar o que vê:

— VOCÊ VIU O ROSHI? —

RECOMPENSA DE 500 DÓLARES PARA QUEM O ENCONTRAR

PROCURA-SE

GOLDEN RETRIEVER PERDIDO NO DIA 4 DE JULHO.
FUGIU PELA SHEPPARD DRIVE, EM WILLIAMSBURG.
É AMIGÁVEL, GOSTA MUITO DE PETISCOS E DE BRINCAR.
SE TIVEREM ALGUMA INFORMAÇÃO, POR FAVOR,
ENTREM EM CONTATO E SERÃO RECOMPENSADOS.
SINTO MUITA FALTA DELE. INGRID WEISSMANN.

Depois de anotar o número de telefone, fica um tempo petrificada diante da foto de Robin, ou melhor, de Roshi, que salvou sua vida, o cão que morou com ela nas últimas semanas e que a ajudou a curar suas feridas. O mesmo que acabou de abandoná-la para encontrar a mulher que colocou esse aviso. Ela agora sabe seu nome: Ingrid.

Volta para o carro e retoma o caminho para Washington. Não sabe o que a espera em sua nova vida. Só tem certeza de uma coisa: vai ligar para aquele número nesta mesma noite.

OS ENSINAMENTOS DE UM CÃO #1
— Notas para uma reportagem —

Na viagem de Roshi, a primeira "discípula", se podemos chamá-la assim, foi Jennifer Evans, veterinária estabelecida em Williamsburg, uma cidade de 14 mil habitantes no estado da Virgínia.

Depois de um encontro dramático que "salvou a vida dos dois", nas palavras de Jenny, que hoje é feliz morando na capital do país, a passagem de Roshi pelo caminho dela deixou dois ensinamentos:

1 - AJUDE E VOCÊ VAI SE AJUDAR. A melhor maneira de sair do fundo do poço, quando não se sabe como fazer isso, é ajudar o outro, mesmo que esse outro seja um cachorro perdido. Isso vai trazer de volta a sensação de ser útil para o mundo, e até mesmo a sua autoestima. Não é preciso um grande drama para aplicar esta lei. Como dizia uma missionária na Índia, "se você está desanimado, anime outra pessoa".

2 - A VIDA É UMA BRINCADEIRA. Contra a gravidade da existência, a brincadeira das crianças. Muitas das nossas angústias e medos provêm do fato de levarmos nossa breve existência muito a sério. Quando os problemas do mundo esmagarem você, volte a brincar

como na infância, fluindo junto com a vida, como um
cão que corre atrás de uma bolinha.

CAPÍTULO VINTE E UM

DEPOIS DE OUTRO LONGO TRECHO trotando e caminhando, consigo descansar à tarde. Faz muito calor. Felizmente, me afastando um pouco do caminho principal, encontro algumas poças. Estou aprendendo a detectá-las, e assim consigo encontrar água fresca em quase toda parte.

Em compensação, sinto cada vez mais fome.

Logo depois de descansar perto de um lago, vejo uma pequena trilha que faz um desvio à esquerda. Talvez pudesse seguir por ali... Não sei, estou inquieto.

Me deito e esfrego as costas no solo pedregoso, farejando o ar ao redor.

Em minha confusão, as orelhas se achatam completamente contra o crânio e a ponta do rabo se mexe, nervosa, varrendo o chão. Em seguida, começo a rastrear. Estou com a sensação de ter perdido algo no caminho.

Deveria voltar pela mesma trilha?

Depois de dar várias voltas em mim mesmo, farejando tudo, me dou conta de que a trilha à esquerda me provoca uma sensação de aconchego e faz as batidas do meu coração acelerarem.

Confio na bússola dentro de mim.

Sigo ligeiro pela trilha em meio aos bosques. Tomara que me leve a algum lugar!

Já estou andando há um bom tempo quando farejo alguém caminhando um pouco mais à frente. É um ser humano. E meu nariz me informa que ele tem algo de c-o-m-e-r. Isso é o que me faz decidir arriscar.

    Vamos lá! Solto um latido e começo a trotar.

CAPÍTULO VINTE E DOIS

AINDA FALTAM ALGUMAS HORAS para que a noite caia. Tobías planeja se instalar em algum lugar do bosque onde possa descansar o corpo sofrido em um leito de folhas.

Ao longo do caminho que vem percorrendo, percebe a presença ameaçadora de uma grande cidade, embora há muitos dias não cruze com praticamente ninguém.

Quando chega a um terreno plano, cercado por um grupo de bordos vermelhos e álamos amarelos, larga a grande mochila no chão. Arfante, apoia as costas num dos troncos mais grossos.

Um fio de suor escorre por sua têmpora direita, a nuca também está molhada. Tira o gorro verde-escuro e coça a cabeça. A barba de duas semanas provoca uma comichão nele. Logo terá de se barbear.

Usa a camiseta para secar o suor do rosto. Agora se sente melhor.

Enquanto Tobías descansa, o bosque se abre pouco a pouco aos seus sentidos.

Escuta o piar dos pássaros no entardecer de verão, a silenciosa caminhada dos insetos que se movem sob as folhas caídas, a vibração das criaturas voadoras e a brisa que acaricia seu rosto e traz o frescor de um riacho.

Antes de acampar nesse canto do bosque, examina as cascas das árvores e o terreno ao redor. Não parece haver nada que coloque em perigo sua precária vida.

Em seguida, ele se levanta e abre a mochila, de onde tira um cantil. Fecha a mochila de novo e, depois de apoiá-la contra uma árvore, caminha em direção à brisa úmida. O cansaço o faz se mover lentamente.

Dez minutos depois, encontra uma pequena nascente entre duas pedras. Enche o cantil, bebe bastante e volta a enchê-lo de água. Depois, lava o rosto, tira a camiseta úmida e lava as axilas e a parte superior do corpo. Finalmente, inclina-se e deixa que a água molhe o cabelo. Feito isso, se sacode como um animal molhado. Alisa o cabelo, pega o cantil e volta ao acampamento improvisado entre as árvores, assobiando distraidamente uma velha canção.

Pendura a camiseta num galho, tira uma nova da mochila e também o moletom com capuz, para ajudar a se proteger do frio noturno.

Tobías abre uma lata de chili com carne e esquenta a comida no fogareiro para camping.

Depois de comer com uma colher, raspa os restos de chili da lata com um pedaço de pão que salvou do almoço. Guarda toda a comida e fecha outra vez a mochila, sempre atento aos sons que chegam por entre os murmúrios do bosque.

Quando a noite cai, abre o saco de dormir e se acomoda em seu interior.

Este é o momento favorito do seu dia: as criaturas diurnas — como ele — procuram refúgio, enquanto as notívagas — morcegos, corujas, ratazanas e raposas — ganham vida.

Ele observa como as estrelas se tornam visíveis em meio aos galhos mais altos.

Elas vão mudando lentamente de lugar, como ele.

Tobías não marca o tempo, mas sabe que restam escassas seis horas para dormir antes que o sol saia outra vez, para alegria dos animais diurnos.

Embora nunca se canse de olhar para as estrelas, finalmente se obriga a fechar os olhos e se acomoda dentro do saco de dormir.

Está prestes a adormecer quando um som o acorda. O ouvido, sempre alerta, detecta um suave rumor de folhas que revela o lento movimento de um animal à espreita.

Seus olhos se abrem numa fração de segundo. Tobías não se atreve a se mexer, mas tenta captar toda a informação possível através dos sentidos. Embora os olhos se adaptem bem à escuridão e ele consiga distinguir a silhueta das árvores contra o resplendor das estrelas, ainda não consegue enxergar o que ou quem se aproxima de seu ninho.

O rumor seco das folhas avisa que, seja o que for, está bem próximo. Com o corpo todo tenso, Tobías finalmente vê chegar uma criatura de quatro patas que se aproxima cautelosamente.

É um cachorro.

CAPÍTULO VINTE E TRÊS

TOBÍAS OBSERVA O RECÉM-CHEGADO sem se mexer nem um milímetro. Contempla a cena em silêncio, enquanto o cão perambula pelo acampamento, farejando cada canto.

Ele se pergunta se será amistoso, e a resposta chega em seguida. O focinho úmido do cão toca sua testa, e depois ele cheira sua cabeça.

— Então você é um bicho curioso... — murmura Tobías, um pouco mais tranquilo.

O cachorro encosta uma pata em seu peito e faz um gesto com o focinho, como se quisesse que ele se mexesse.

Tobías tira uma das mãos do saco de dormir e a oferece ao cão, falando com ele:

— Olá, peregrino... Você me acordou, sabia?

O cachorro se senta a seu lado, cheira a mão estendida e dá uma lambida nela, como se dissesse "Prazer em te conhecer".

Tobías se ergue lentamente. Agora sua cabeça está diante do focinho e dos olhos do cão, que se aproxima para cheirar o seu rosto. Depois, recua e geme um pouco.

— Olá, companheiro — diz o humano, chegando perto da cabeça dele e coçando suas orelhas. — O que aconteceu com você? Está perdido?

Tira a lanterna do saco de dormir para observar melhor o recém-chegado.

O animal aguarda, faminto.

Quando finalmente sai do saco de dormir, abre três latas de atum para o cachorro e as serve numa tigela de aço inoxidável. O cão as devora avidamente enquanto o homem sorri. Vai ter de repor o estoque, mas gosta deste visitante noturno, talvez ele possa virar seu novo companheiro de andanças. Está sozinho há semanas.

Depois das últimas lambidas, que deixam a tigela limpa e reluzente, Tobías serve ao cão a água do cantil. Quando termina a comilança, Roshi se deita ao lado dele, alongando as patas e ganindo de cansaço.

Parece estar em boa forma, apesar de ter manchas de barro seco em volta da barriga e das pernas. Está esgotado.

Muito tempo atrás, Tobías teve um cachorro. Foi em outra vida, que volta à sua mente. Em meio a essas recordações, enfia de novo as pernas no saco de dormir e se senta com as costas apoiadas no tronco da árvore.

O golden retriever arrasta o corpo cansado para perto dele, empurrando o dorso contra a coxa esquerda de Tobías.

Em contato com o calor de seu novo companheiro humano, as pálpebras do cão se fecham pouco a pouco. Tobías apoia a palma da mão sobre o tórax do cachorro, o que faz com que ele respire ainda mais profundamente. Consegue sentir como, debaixo da palma, o corpo do cão relaxa ainda mais. De algum modo, isso também o deixa relaxado.

É agradável se preocupar com alguém.

Roshi está profundamente adormecido quando Tobías acende seu cachimbo. Queria deixar o fumo para amanhã, mas existirá um momento mais perfeito do que este para fumar e contemplar?

Enquanto admira as estrelas em meio à fumaça do cachimbo, pergunta-se quem será este peregrino de quatro patas, de onde ele vem e qual é seu destino.

Quando Tobías acorda, pouco antes do amanhecer, o silêncio lhe parece mais profundo do que nunca. Direciona os olhos sonolentos para o cão adormecido. Ele continua na mesma posição.

Sai do saco de dormir e, com o cantil na mão, afasta-se sem fazer ruído, indo até a trilha do bosque. Senta-se num tronco caído que lhe serve de banco, procura o cachimbo e o enche com o que resta de fumo.

Como prelúdio à chegada do sol, enxerga no horizonte uma formação estelar que brilha com intensidade.

Tobías observa o céu pacientemente, concentrado nas leves mudanças no profundo azul-escuro, que vai assumindo tons violeta e acinzentados.

Logo o sol vai parar de brincar de esconde-esconde. De fato, aos poucos o céu vai clareando. Elevando-se em meio à escuridão, o amanhecer de verão vai se desdobrando em todo o seu esplendor.

Tobías foca o olhar nos três astros mais brilhantes e próximos da constelação antes de jogar fora o fumo queimado do cachimbo, borrifando-o com a água do cantil para se certificar de que não haja perigo.

— Órion, acho que encontrei um novo amigo — diz, olhando para cima outra vez.

Uma das estrelas pisca mais forte, como se em resposta, antes de o sol tomar conta do céu matinal.

CAPÍTULO VINTE E QUATRO

UM AROMA APETITOSO ME DESPERTA. Quando levanto o focinho para ver de onde vem o cheiro, vejo um homem de cabelos grisalhos, de cócoras e sem camisa, ao lado de um fogãozinho sobre o qual ferve uma lata. Ele está raspando o interior dela com uma colher.

Não há dúvida, é carne. Dentro dessa lata estão almôndegas que fazem minha barriga roncar.

O homem apaga o fogo e exclama:

— Bom dia, dorminhoco! Preparei seu café da manhã, mas não fique achando que vai ser sempre assim. Assim que achar uma loja, vou comprar ração para cachorro. Você me deixou quase sem mantimentos!

Não consigo entender o que ele diz, mas há amabilidade e doçura em sua voz. Me aproximo timidamente da tigela em que acaba de despejar as almôndegas e o molho.

— Meu companheiro peregrino, não sei como você se chama, mas eu sou o Tobías. Você caminhou muito ontem?

Sua voz me chega de fundo, enquanto devoro o que me parece um manjar.

— Calma, devagar, Jerry... Posso lhe chamar assim? — pergunta ele, acariciando minhas costas. — Coma mais devagar ou vai se engasgar... É tudo seu.

Não consigo prestar atenção nas palavras e devoro a comida sem parar. É que faz muito tempo que não como, cara!

Depois de terminar, lambo o focinho e olho para ele com veneração. Obrigado, que ótimo café da manhã!

Tobías continua a falar comigo. Embora eu continue sem entender o que diz, gosto de ouvir a música de sua voz.

Eu devia voltar a procurar por Ingrid, mas ainda estou cansado demais. Meu novo amigo humano parece perceber isso e, enquanto acaricia minha cabeça, fala:

— O espírito é forte, mas o corpo é frágil. Você tem que estar à altura de sua missão, amigo, o que quer que o tenha trazido até aqui.

Depois, estica os braços e boceja.

Esfrego as costas num tronco de árvore e depois bebo um pouco mais de água. Começa a esquentar e minha barriga parece ser um poço sem fundo. Já estou com fome outra vez!

CAPÍTULO VINTE E CINCO

OS DOIS PEREGRINOS PERAMBULAM EM VOLTA do acampamento improvisado, como se tentassem decidir por onde seguir.

Tobías lê o mapa com um repentino brilho nos olhos. Identifica um lugar que conhece bem. A poucos dias de caminhada, há um assentamento no bosque onde seus companheiros nômades partilham a comida e as histórias de suas andanças. Talvez eles possam ficar com o cão. Já é bastante trabalhoso para ele cuidar de si mesmo.

Descansando juntos perto de um riacho, de repente Tobías se lembra de Lucy, uma pastor-alemão muito brincalhona que seu pai trouxe do abrigo antes de abandonar a família, quando ele tinha apenas doze anos. *Como se um pai pudesse ser substituído por um cachorro...*, diz ele a si mesmo, nostálgico.

À tarde, o cachorro já está muito mais ativo. Parece que seus músculos precisavam daquele descanso.

Quando cai a noite, Roshi o acompanha ao mirar as estrelas, enquanto Tobías suga o cachimbo apagado.

— Você parece muito interessado nessa joalheria celeste! — diz o homem. — Por acaso sabe ler as estrelas para encontrar seu caminho? Nesse caso... você é mais esperto do que parece.

O cão desvia os olhos dos astros para olhá-lo com atenção.

Contemplativo, Tobías continua a sugar o cachimbo apagado.

— Acho que podemos passar mais uma noite aqui, Jerry — diz, com voz serena. — Partiremos bem cedo, seguindo o grande guerreiro de Órion. O que acha?

Roshi só entende que ele está fazendo uma pergunta. Sente uma onda de energia no estômago e solta um latido de alegria, embora não faça ideia de com o que acabou de concordar. Confia no homem.

Ele cheira a bosque, a verde profundo e a serenidade. Roshi sabe que é bom ficar perto dele.

Com a última luz do dia, Tobías divide com ele os restos de seus mantimentos: algumas fatias de embutidos e meio pacote de biscoitos, tudo regado a água do riacho.

— Somos todos peregrinos, apesar de muitos não saberem — diz ao cão ao se enfiar no saco de dormir. — Estamos no mundo de passagem, embora as pessoas acumulem coisas como se fossem viver para sempre.

Tobías acha estranho e ao mesmo tempo a coisa mais normal do mundo dividir seus pensamentos com o cão.

A lua crescente é uma foice delgada no jardim das estrelas. Tobías gostaria de ainda ter um pouco de fumo, mas já acabou. Logo terá que repor os mantimentos com as poucas moedas e com a cédula amassada que guarda no bolso.

— Neste mundo maravilhoso, somos todos nômades, sim. E vamos daqui para lá, da vida à morte. Já diziam os gregos que a única coisa constante é a mudança. — Tobías inspira profundamente antes de explicar: — Há alguns anos, eu quase morri. Foi como se tivessem me chamado a atenção. Decidi que, durante o tempo que me restasse, fosse pouco ou muito, eu não viveria mais num apartamento minúsculo, na frente de uma TV. Larguei um emprego que eu odiava, vendi o pouco que tinha e me pus a caminho. Acho que foi a decisão certa, já que continuo neste mundo.

Roshi arfa e fixa o olhar no rosto do homem. Estará sentindo cheiro de tristeza? Ou o homem se sente feliz ao falar com ele, depois de um longo tempo de solidão?

— Você se acostuma a ter uma vida estável e alguns hábitos — prossegue. — Não é feliz, mas também não se pergunta se há alternativa. Até que um dia alguma coisa te sacode, no meu caso foi um ataque do coração. A partir de então, já não quis perder um só minuto da vida preocupado em me encaixar na sociedade ou em agradar os outros. Quando você se dá conta de que a vida pode acabar a qualquer momento, já não segue outro caminho que não seja o seu.

Tobías faz uma pausa para ver o que o cachorro está fazendo. Surpreende-se ao ver os olhos dele assomando em seu rosto, cheio de paciência e curiosidade.

O olhar parece mais humano que o da maioria das pessoas que conhece. Roshi apoia o queixo no braço de Tobías, que acaricia sua cabeça enquanto volta os olhos para as estrelas, observando o lento balé celeste.

Conforme a noite se aprofunda, ouvem-se pequenos ruídos na escuridão. Roshi suspira ruidosamente, parece quase um lamento.

— "Queria descartar tudo aquilo que não fosse vida... para não me dar conta, ao morrer, de que não havia vivido" — continua Tobías, citando Thoreau. — E essa vida, meu amigo, é a que todos procuramos. A incerteza nos mantém em forma, atentos. O bosque, a lua, as estrelas, nossas amizades, a família, os seres queridos... Tudo é transitório!

Roshi levanta a cabeça. Ouviu um estalido vindo do matagal. Pode ser um cervo, um coelho ou outro companheiro do bosque, ainda menor. Como não ouve mais nada, volta a descansar o queixo no colo de seu amigo.

— Isso mesmo, Jerry. Bom garoto. Vamos descansar. Amanhã

vamos pegar a estrada outra vez, um dia mais velhos, um dia mais sábios.

CAPÍTULO VINTE E SEIS

ANTES DE AMANHECER, JÁ ESTÃO DE PÉ. Nos minutos prévios ao surgimento da primeira luz, ao lado do tronco caído no caminho, Tobías aponta para o horizonte com a mão direita.

— Esse será nosso guia... e fica ainda mais visível durante as noites do outono ao inverno.

Roshi segue a mão de Tobías, que aponta para o firmamento.

— Esse é Órion, meu amigo. O grande guerreiro. Ele gosta de cães, sabia? Mas seus dois companheiros caninos não o seguem no céu durante o verão, só aparecem no outono.

Roshi agora está de pé, com o focinho para cima, farejando a aurora do despertar.

— E é para lá que queremos ir: para o Oeste! — completa, começando a caminhar rumo à escuridão.

O cachorro o segue, ofegante. Parece feliz.

— Órion é a bússola das estrelas, sabe, Jerry? Começa seu caminho pelos céus no Leste e termina no Oeste. Esses três pontos brilhantes que piscam são seu cinturão. Sempre que você não souber onde está, procure Órion. Assim vai saber onde fica o Oeste.

Roshi gosta do ritmo do passeio e late alegremente. A direção em que caminham é a que teria tomado se tivesse partido sozinho. Agora avançam juntos, e a trilha se torna mais luminosa a cada passo.

O sol está despertando. Chega um novo dia, no qual qualquer coisa pode acontecer.

CAPÍTULO VINTE E SETE

— SRA. WEISSMANN?

— Sim, sou eu... — responde Ingrid, atendendo o telefone. Seu coração começa a bater rapidamente. Trata-se de um número desconhecido e a voz é a de uma mulher jovem.

— Sou a dra. Jenny Evans, veterinária... — A voz se detém.

— Diga-me, por favor — Ingrid a apressa. — Está ligando por causa do meu cachorro?

— Sim, Robin... Quero dizer, Roshi. Você tem um golden retriever de pelo meio longo e avermelhado, de uns três ou quatro anos?

— Sim! Onde ele está?! — Ingrid se levanta da poltrona e começa a dar voltas pela sala, nervosa. — Ele está...? — Ela engole em seco, com dificuldade. — Está bem...?

Ouve-se um forte suspiro pelo telefone. O coração de Ingrid balança como uma folha de álamo ao vento.

— Creio que sim... Sinto muito, vi seu anúncio tarde demais. Perdi-o de vista há uns três dias, quando estava indo de Williamsburg para Washington.

— Ah, céus...

Suas pernas fraquejam. Ela se senta e agarra ao braço do sofá com tanta força que fica com os nós dos dedos brancos.

— Então o encontraram e ele se perdeu outra vez. Maldição! — Com voz embargada, pede à mulher: — Conte-me tudo, por favor.

Jenny suspira e relata a Ingrid como Roshi salvou a vida dela e como, em troca, conseguiu salvar a dele. Também confessa que não chegou a dedicar tempo ou esforços para encontrar o dono do cachorro. Volta e meia se desculpa por isso, e Ingrid se dá conta de que precisa acalmar a jovem veterinária.

— Dra. Evans... A senhorita fez muito por ele, obrigada. Tenho certeza de que, se Roshi não a tivesse encontrado, não teria sobrevivido a um machucado tão feio na virilha. Meu pobre bebê... — murmura, sentindo que as lágrimas se derramam e descem pelo rosto. — E obrigada por ligar, foi muito gentil.

— Sinto muito não poder ajudá-la, senhora Weissmann... — diz Jenny, quebrando o silêncio. — Roshi é um ser extraordinário, serei grata a ele por toda a minha vida. Espero que, de alguma maneira, encontre o caminho de volta para casa. Não se entregue! Os animais são exploradores incríveis. Poderia me avisar se o encontrar? Assim saberei que ele está com a senhora outra vez. Por favor...

Ingrid sorri, entre lágrimas, para aquela voz suplicante de amor, e fala:

— Na verdade, estou muito longe da Virgínia, mas vou ligar para meu irmão e pedir que fique atento e continue espalhando anúncios como o que a senhorita viu. Enquanto isso, posso lhe pedir uma coisa?

— Sim, claro... — diz Jenny. — Qualquer coisa.

— Viva! Espalhe alegria por onde passar e faça com que Roshi se sinta orgulhoso de você. Poderia fazer isso por nós?

— Sim, sra. Weissmann... Estou tratando de fazer isso.

— Ingrid. Me chame de Ingrid.

— Está bem. Obrigada, Ingrid. Aliás, onde você mora? Assim, se souber algo a respeito de...

Ingrid engole em seco. Não quer desanimar a veterinária, então respira fundo antes de responder:

— Moro em Boulder, querida. Aos pés das Montanhas Rochosas.
— Ah...
Permanecem algum tempo em silêncio.

Finalmente, Jenny se recompõe e deseja o melhor para Ingrid, que se despede e desliga o telefone.

Depois da conversa, Ingrid se atira no sofá, chorando. Saber que seu cachorro a está procurando e que não pode sair para encontrá-lo é demais para ela. No entanto, no fundo de seu coração, como uma chama bruxuleante, brilha a esperança.

CAPÍTULO VINTE E OITO

ACOMPANHO TOBÍAS NOS DIAS SEGUINTES, embora às vezes pareça que sou eu quem vai na frente, guiando. Meu companheiro humano para com frequência para descansar. Então, contempla a paisagem sugando o cachimbo vazio.

Eu me transformei num explorador de caminhos. Toda vez que chegamos a alguma encruzilhada, levo a cabo meu ritual. Primeiro, dou uma volta e farejo cada trilha, depois escolho aquela que melhor se adapta aos meus ossos e ao meu coração, embora numa certa direção eu sempre tenha a sensação de que há uma campainha metálica soando e fazendo cócegas no meu nariz.

Meu novo amigo fica espantado de ver como eu me oriento bem, sobretudo porque não faço ideia de para onde ele deseja ir. Como poderia saber? Estou feliz por nossos caminhos terem se cruzado. Ele me dá comida e eu o acompanho e o oriento.

Posso sentir no ar que isso o deixa feliz.

Em nosso segundo dia de caminhada, volto a sentir os músculos doloridos.

No terceiro dia, as forças me faltam ainda mais. Tobías está preocupado. Num posto de gasolina, ele compra ração, para que eu possa comer mais. Todos os dias tentamos fazer várias paradas para descansar.

Tanta comida seca é demais para mim, então procuro algum mato saboroso crescendo ao longo dos caminhos que percorremos para aliviar meu intestino.

Durante o crepúsculo, Tobías procura, no céu, sinais que eu mal consigo distinguir. Vejo alguns pontos cintilantes, mas não consigo cheirar aquilo que está lá em cima, e meu nariz é muito melhor que meus olhos.

Só sei que parecem vagalumes e que estão muito, muito longe, ainda mais longe do que Ingrid pode estar. Muito mais longe.

Todas as noites, Tobías me mostra as estrelas e me conta coisas com uma expressão sonhadora. Consigo compreender sua emoção, não o que ele fala. Sou um cachorro, mas ele não dá bola para isso e, de qualquer maneira, gosta de me explicar essas coisas.

Por fim chegamos a um lugar em que posso sentir o cheiro de outros humanos à distância. E não só isso. Chega a meu nariz a ameaça que eu queria evitar a todo custo: um grupo de cães corre em nossa direção.

Fico imóvel.

Aparecem dois cachorros menores que eu, com mais ou menos um terço do meu tamanho, e um outro, preto, mais corpulento. Não sei o que fazer. A pele de minha virilha, cheia de cicatrizes, começa a arder.

Me escondo atrás das pernas de Tobías. Não posso correr o risco de sofrer outro ataque.

Meu maravilhoso companheiro humano joga a mochila no chão e se agacha a meu lado numa fração de segundo. Espero que não permita que me machuquem. Por favor.

CAPÍTULO VINTE E NOVE

POUCO DEPOIS CHEGAM DOIS CACHORROS salsicha e um cão preto de tamanho médio com uma estrela branca na testa e pelo branco nas patas, como se estivesse de meias. Aparecem latindo para os recém-chegados ao primeiro círculo de barracas e vans, onde começa o assentamento nômade.

Roshi procura se proteger atrás das pernas de seu companheiro. Joga-se no chão, escondendo o rabo, enquanto o pelo das costas fica eriçado.

Tobías larga a mochila e agarra com firmeza a pele do pescoço de seu amigo peregrino, dizendo-lhe, com voz tranquilizadora, que não há nada a temer. Ali todos são amigos.

Desconfiado, Roshi grunhe quando os cães começam a farejá-lo.

Uma mulher de cabelos brancos, apoiada numa bengala, distribui petiscos para os animais para promover a paz.

Roshi hesita um pouco.

Os cachorros do lugar pegam os petiscos avidamente, engolem-nos e mais uma vez se aproximam de Tobías e Roshi.

Um dos cachorros salsicha é muito curioso. Fica trotando em volta de Tobías e tenta cheirar o traseiro de Roshi.

O golden retriever para de mostrar os dentes, o que não significa que goste ou confie no cão. Se Tobías não estivesse ali, ensinaria aquele pequeno cão insolente a respeitá-lo.

Tenta se livrar do focinho úmido e pontiagudo do outro, mas seu amigo humano o agarra. O intrometido cachorro salsicha traça um círculo completo, depois se senta diante deles, junto a seu colega de raça e ao cão preto, que tem cara de bobalhão.

— Vamos, Jerry — Tobías sussurra por cima da cabeça de Roshi, que continua grudado em sua perna esquerda. — Você é tão bom garoto, o que houve agora?

Roshi continua gemendo, suavemente, até sentir um leve tremor no corpo. Tobías percebe e o acaricia com a palma da mão. Estranhamente, os tremores ficam mais fortes quando ele o toca.

Conforme diminuem os tremores através dos quais Roshi se livra do medo e do estresse, ele se concentra nos outros cães, que o observam com curiosidade. Continuam ali, sem tirar os olhos dele, com os focinhos apontando em sua direção.

Roshi se levanta e se sacode com vigor. Caminha, lentamente, primeiro em direção a um dos cachorros salsicha, que dá um pulo quando ele o alcança. Encostam os narizes um no outro e depois ficam se cheirando da cabeça às patas.

Como resposta, Roshi mexe o rabo amistosamente. O segundo salsicha, que é uma fêmea, e o cachorro preto se aproximam com uma atitude igualmente amistosa. Fazem contato com os narizes e cheiram as orelhas, as patas, a barriga e o traseiro uns dos outros.

Terminadas as apresentações, Tobías se dirige até a fogueira, seguido por seu companheiro, que acaba de ser aceito pela comunidade canina.

— Tabby! Apple! Socks! Venham aqui!

Os três partem em disparada como flechas em direção à voz

humana. Roshi quer ir atrás deles, mas se vira para Tobías buscando aprovação.

O homem se limita a erguer a mão.

Roshi segue os cães em direção ao círculo iluminado pela fogueira. A anciã da bengala está sentada numa cadeira de camping, um pouco mais longe do fogo, diante de uma van branca. Faz carinho nos cães com as mãos ossudas.

— Bons garotos... Falta pouco para o jantar. E quem é você, príncipe encantado? — pergunta a Roshi, oferecendo-lhe uma mão para cheirar.

— Fico feliz de te encontrar de novo, Rebecca — diz Tobías, apoiando a mochila ao lado da van.

Agora que não estão prestando atenção nos cães, os velhos amigos se abraçam durante um longo minuto, enquanto ela ri como uma criança.

— Faz tanto tempo, Tobías!

— Estou mais ou menos como sempre, como você pode ver... — diz ele, inclinado sobre a cadeira em que ela está sentada.

— Você está com uma aparência ótima. E em ótima companhia também!

— Encontrei esse vira-lata perto de Richmond. Acho que Jerry está tramando alguma coisa, mas ainda não sei o que é...

Como se soubesse que estão falando dele, Roshi se aproxima da mulher. Quando ela toca sua cabeça, ele se joga no chão e oferece a barriga para que ela o coce.

— Ah... que coisa mais querida você é! — diz Rebecca, rindo. — Você é muito bem-vindo aqui. Tenho certeza de que o grupo vai recebê-lo com muito carinho. Está cada vez mais difícil eu me mexer, Tobías. Você pode trazer para mim a manta que está dentro da van?

Ele não demora a encontrar a manta e depois ajuda a amiga a se levantar e a acompanha até a fogueira. Antes de se sentar a seu lado, vai cumprimentar as seis pessoas em volta do fogo. Os sorrisos e as batidinhas nas costas testemunham velhas amizades, forjadas ao longo do caminho, apesar de não se verem há muito tempo.

O tempo parece se deter para Roshi, que voltou para perto de Rebecca para que ela possa passar a mão em seu focinho, no pescoço, nos dois lados do corpo, nas patas e na barriga.

Esta mulher sabe usar a mão, e como, ele diz a si mesmo.

Enquanto Roshi se rende às mãos da mulher, Apple os observa cada vez mais inquieto. Quando vão lhes dar algo para comer?

Roshi desperta ao amanhecer. Tobías continua dormindo perto da fogueira.

Depois de se alongar várias vezes, dirige-se a uma área do acampamento de onde consegue ter uma visão do céu aberto.

Os outros cães ainda dormem junto a seus companheiros humanos.

Faltam apenas alguns minutos para que os primeiros raios de sol pintem o céu escuro com tons de um azul-acinzentado. Roshi levanta a cabeça na direção dos três pontos brilhantes no horizonte.

Está tão contente por tê-los encontrado que começa a latir de emoção. Depois corre até Tobías para acordá-lo.

O dia transcorre com muitos passeios interessantes ao redor das vans e das barracas, guiado pelos companheiros de quatro patas. Às vezes, recebem prêmios em forma de comida.

Em sua ronda entre os nômades humanos, os cães vão cheirando muitas mãos: algumas mais carinhosas, outras mais duras, algumas muito sujas. Eles cheiram pés e barracas onde se acumulam os restos de uma vida, e se interessam especialmente pela despensa.

Quando o bando de quatro patas satisfez sua curiosidade, Roshi retorna à van da velha senhora. Encontra-a do lado de fora, novamente sentada em sua cadeira, perto de uma mesa com alguns livros abertos e um caderno.

Apoiando-se na mesa, Rebecca se levanta para cumprimentá-lo e depois se senta no degrau de acesso à van, convidando Roshi a se aproximar.

— Vamos, rapazote. Venha aqui com a Becca!

As sábias mãos da mulher esfregam suas costas e barriga até se deterem na cicatriz na virilha.

— Estou vendo que andaram te machucando, querido... Sinto muito. Deve ter sido horrível. Posso tocar nela? — pergunta, com a mão erguida.

Roshi toca sua mão com o focinho e depois a lambe, antes de se deitar oferecendo a barriga à mulher. *Sim, mas com cuidado, por favor.*

Rebecca compreende que obteve permissão. Primeiro põe as mãos sobre a cabeça do cachorro. Mantém-se assim durante um minuto, murmurando algumas orações, e depois coloca uma mão na cicatriz. Quando o cachorro relaxa, ela começa a massageá-lo suavemente.

Com muito cuidado, massageia a virilha, o baixo ventre e as patas traseiras. Suas mãos se detêm no peito do cão, onde seu coração bate com força.

— Apple, Tabby e Socks vão te ajudar e te ensinar — diz a ele. — Você tem que aprender a confiar de novo... Nem todos os cães são malvados.

Roshi levanta a cabeça e olha para a mulher, que cheira a paz. Exala um odor branco e brilhante, com um toque de folhas verdes frescas, que acalma seus sentidos.

— Sei que você não vai ficar muito tempo por aqui — ela diz, em voz baixa. — Posso sentir a inquietude em seu coração. Você está procurando alguém. Seu coração anseia por um amor perdido. Não sofra, amigo, o mapa está dentro de você.

CAPÍTULO TRINTA

APPLE É MINHA FAVORITA. É pequena e meiga, adoro me aconchegar junto a ela quando a noite cai. Os rapazes também são meus amigos e dormimos todos juntos, debaixo de velhos pinheiros, perto do segundo círculo de trailers.

Socks conhece todos os segredos do bosque, além do vazio que é não ter ninguém para amar, até que um dia encontrou o acampamento e ficou com Rebecca.

Ele me ensina a ouvir o canto do vento e o sussurro das árvores. Com ele, aprendi quais animais evitar (nunca estamos suficientemente a salvo dos javalis), inclusive alguns humanos.

Em uma de nossas explorações, passamos pelos domínios de um homem do acampamento que não gosta muito de nós. Nos sentamos à sombra de uma árvore, tão perto dele que dá para ouvi-lo falar sozinho. Seu odor é gelado e áspero, uma curiosa mistura de fruta podre, metais e fungos, com um toque de poeira que me faz espirrar, nos obrigando a sair dali às pressas.

Quando chegamos a um lugar seguro, Socks apoia o queixo na parte superior de minha cabeça. Guardo o odor daquele homem inquietante para me manter à distância. Ele gosta de dar pontapés e de atirar coisas nos cachorros.

Nos dias seguintes, o grandalhão de meias brancas me ensina a sentir o cheiro da chuva uns dois dias antes de ela chegar, assim como a pressentir o cheiro de serragem e lenha de um refúgio humano. Me mostra lugares onde me esconder, feitos por animais menores. Com ele, aprendo também a me proteger das raposas e dos linces.

Depois disso tudo, ele quer me ensinar a caçar.

O problema é que nunca cacei nada a não ser bolas de tênis... Socks começa a me perseguir, dando saltos. Quando me alcança, agarra minha garganta com a mandíbula, firme, mas suavemente.

Meu coração dá um pulo e quase fico paralisado.

Então ele sai correndo, para que eu faça o mesmo. É minha vez de sair em seu encalço. Vou atrás dele, mas Socks é muito habilidoso e corre em círculos para escapar dos meus dentes. Preciso de cinco tentativas até conseguir agarrar sua garganta de modo que ele não consiga se mexer.

Sinto algo novo nascer dentro de mim. É um instinto profundo que fortalece a mandíbula e guia minhas presas. Quando meu amigo começa a ganir, abro a boca e o deixo escapar.

Minhas aulas terminam às margens de um lago que cheira muito mal. Socks se senta ao meu lado e me observa. Eu ergo o focinho, desgostoso. Aquele lago cheira a algo podre, como se sob a água houvesse um cadáver em decomposição.

Capto a mensagem de meu companheiro e mestre. Quando a água cheira mal assim, não se pode beber dela, por mais sede que se tenha. Isso me traria a morte.

Me aproximo dele e roço meu nariz no seu. Depois, toco a estrela brilhante em sua testa.

Socks põe a língua rosada para fora, arfa e lambe minha cara.

Vamos procurar os outros e brincar, ele me diz, com um par de latidos alegres, antes de sair correndo.

OS ENSINAMENTOS DE UM CÃO #2
— Notas para uma reportagem —

A segunda amizade humana na viagem de nosso herói de quatro patas foi Tobías Expósito. Por meio de uma jovem tuiteira de um acampamento pelo qual passou, soube que eles caminharam juntos por vários dias. Numa madrugada, depois de alguns dias de descanso no acampamento, Roshi realizou sua fuga.

Embora não tenham ficado juntos mais do que uma semana, esse nômade de idade avançada contou à jovem que Roshi lhe deixou três lições:

1 - É BOM SE PREOCUPAR COM ALGUÉM. O ser humano é gregário e necessita do calor de outros seres, mesmo que seja um cão, para se sentir completo. O que nos leva ao ensinamento seguinte:

2 - "SE VOCÊ QUISER ANDAR RÁPIDO, VÁ SOZINHO; SE QUISER CHEGAR LONGE, VÁ ACOMPANHADO". É um provérbio africano, afirma a tuiteira, mas define o que Tobías sentiu em seu caminho com Roshi. Juntos, poderiam ter chegado aos confins do mundo, mas nosso protagonista tinha outro destino a cumprir.

3 - OS BONS AMIGOS NÃO PRECISAM FALAR PARA SE ENTENDEREM. Cães e humanos não conseguem conversar propriamente, mas podem compartilhar sentimentos profundos ao contemplarem juntos as estrelas ou caminharem com os olhos no horizonte. Além disso, entre exemplares da mesma espécie há momentos e experiências que unem os corações e não podem ser expressos em palavras.

CAPÍTULO TRINTA E UM

APESAR DE TER SIDO FELIZ JUNTO COM TOBÍAS, Rebecca e meus amigos, meu amor por Ingrid é como uma corda que me puxa para ela. Meu mapa são as lembranças, os cheiros que me chegam do bosque e as estrelas que meu amigo humano contempla todas as noites.

Quando me sinto perdido, os astros me dizem se a direção que estou tomando está correta ou não.

Há dias me despedi de meu doce bando, assim como de meus amigos humanos, e o caminho tem sido tranquilo desde então.

A comida é que sempre me dá muita dor de cabeça. Não sou um bom caçador, apesar dos ensinamentos de Socks, e não gosto de insetos. No entanto, preciso comer alguma coisa para prosseguir em minha caminhada.

Ainda não consegui caçar um coelho.

Em compensação, encontrei um riozinho limpo no caminho que escolhi, e graças a isso consegui me refrescar. Além de beber água e me banhar, consegui capturar algumas rãs e caracóis.

Observo a bússola celeste que Tobías me mostrou. A cada amanhecer, levanto a cabeça na direção desses distantes vagalumes alinhados que ele chamava de Órion. Hoje, ao amanhecer, apareceu embaixo deles um ponto bem maior e mais brilhante, que logo se dissolveu no oceano de luz trazido pelo sol.

Quem será essa brilhante irmã dos vagalumes?

Pela manhã o céu está nublado, e esse frescor me permite andar mais depressa. Paro no cume de uma colina e tento enxergar ao longe, mas não reconheço nada.

Sigo uma brisa que sobe das árvores no fundo do vale.

Levanto o focinho para as nuvens. Tento sentir o cheiro de suas pesadas barrigas acinzentadas, como Socks me ensinou. Sei que não vou demorar a me molhar se não encontrar um refúgio.

Essa certeza e meu estômago faminto fazem com que eu pegue um caminho descendente que leva a um povoado distante. Conforme aquelas nuvens cada vez mais escuras se fecham sobre minha cabeça, corro ladeira abaixo com todas as forças.

A chuva me surpreende no meio do caminho. Me refugio sob arbustos espessos e, como não há nada a fazer, tento dormir um pouco.

O barulho da chuva é refrescante e reconfortante.

Quando acordo, já parou de chover. A tarde avançou e a luz dourada do crepúsculo se filtra entre as folhas das árvores.

É hora de partir. Me levanto e sacudo algumas gotas de meu corpo antes de retomar o caminho.

Logo chego aos campos que precedem o povoado. Avanço entre vacas e ovelhas, que não parecem prestar atenção em mim. Não demoro a ver, à direita, as primeiras granjas. Meu nariz detecta presença canina, então decido me afastar do perigo e entrar no povoado por outro lugar.

Sigo um pequeno canal que desemboca num rio maior. Estou com tanta fome que volto a beber água só para encher a barriga.

Também encontro um pouco de grama suculenta e me pergunto quando conseguirei alguma comida. Ainda não tive experiências ruins com os humanos, mas Socks me ensinou que preciso estar atento. Só conseguirei seguir adiante se aprender a me cuidar.

Continuo trotando e, quando encontro um caminho que cruza o rio, sigo-o com esperança. Um aroma vagamente familiar desperta os meus sentidos. É tão intenso que me detenho para examinar a brisa.

Dou um latido e salto na direção da fonte daquele cheiro, tentando identificá-lo. É um jardim, não há dúvida, e algumas flores são como as que Ingrid cuidava com tanto esmero todos os dias.

Essa pista olfativa me leva a uma cerca de madeira, me separando da fragrância que me trouxe até aqui. Tomo impulso e consigo pular a cerca facilmente.

Já estou do outro lado.

Em meio às flores, elevam-se pedras de diferentes tamanhos, algumas inclinadas, como se pudessem cair a qualquer momento. Outras estão enterradas e cobertas de hera.

Há uma mulher abraçada a uma das pedras mais altas. Ela não me vê, e, como não quero ser descoberto, mantenho certa distância.

Me deito na grama e apoio o queixo nas patas. Uma lembrança me vem à cabeça: Ingrid chorando ao ver antigas fotografias, de uma época em que havia sido muito feliz. Eu tentava animá-la o máximo possível. Com o tempo, a sombria tristeza que a cercava se dissipou aos poucos.

Estou mergulhado nessas lembranças quando a mulher se dá conta de que estou aqui. Sinto seu olhar cravado em mim. Ao sorrir, percebo que é inofensiva, então caminho lentamente na direção dela.

Cheiro suas mãos e, como ela não faz nada, empurro-as um pouco com o focinho. Depois me sento e espero pacientemente para mostrar a ela que sou um bom cachorro.

Ela espera. Assoa o nariz e me olha com curiosidade.

Parece surpresa por eu estar aqui, no meio dessas pedras entre as flores. Naquele exato momento, minha barriga ronca com tanta força que até ela percebe. Inclino a cabeça para um lado para observá-la melhor.

Esse gesto faz com que ela ria.

— Você parece ser muito meigo. De onde está vindo? — pergunta, a voz meio estridente.

Continuo olhando para ela, arfando e lambendo o focinho.

— Está com fome? Pode vir comigo...

Ela se levanta com um suspiro e faz um sinal, me convidando a acompanhá-la.

Eu a sigo, meio incerto.

Ela caminha decidida até uma fileira de casas não muito longe desse estranho jardim. Sua figura delgada, envolta num vestido escuro de manga longa, se destaca entre as casas brancas.

Andamos até um portão nos fundos, onde três degraus levam a uma varanda. Ela abre a porta e olha para mim. Vejo em seus olhos uma luz que antes não estava ali.

— Bem... Você não quer entrar?

Fico quieto. De fato, não quero entrar, só estou com fome. Me limito a olhar para ela, lambendo mais uma vez o focinho, um gesto que ela parece entender.

— Ah, o senhor é muito esperto, senhor cão... — ela diz, em voz baixa. — Então não confia em mim. Ok, ok...

Ela some pela porta aberta. Tento olhar entre as sombras do

interior da casa, mas não vejo nada. Ela não demora a voltar com um prato nas mãos contendo um pouco de carne, posso sentir o cheiro. Preciso de toda a minha força de vontade para não me atirar sobre esse jantar delicioso e devorá-lo.

Espero a mulher colocar o prato à minha frente para avançar.

Ela parece contente. Senta-se numa das cadeiras na varanda e me observa comer.

CAPÍTULO TRINTA E DOIS

O FRIO QUE ANTECIPA O OUTONO PAIRA NO AR com uma sensação de "ainda não, mas em breve". O canto dos sabiás se faz mais silencioso, e as gralhas, os rouxinóis e os chapins saem com o sol.

Ingrid está sentada em sua escrivaninha, o rosto apoiado na palma das mãos. O cabelo grisalho está emaranhado, o coque costumeiro quase todo desfeito.

Com a leve brisa entrando pela janela, chega uma pomba que pousa no parapeito. A delicada ave espicha o pescoço e gira a cabeça para ambos os lados, como se estivesse curiosa para ver o que há dentro daquele cômodo.

Quando a pomba sai voando, Ingrid ajeita o coque e tira um caderno da gaveta, abrindo-o no centro da mesa.

Tira a tampa da caneta-tinteiro, procura uma página em branco e começa a escrever.

Meu querido Gerard,
Perdi Roshi. Até agora não havia tido forças para escrever a você sobre isso. Na verdade, ainda não falei com ninguém do bairro sobre o que aconteceu. Por isso, mal saio de casa. Temo que me perguntem onde está meu cachorro quando me virem sem ele.
Bem... Isso me faz lembrar de quando você partiu, é verdade. Mas me sinto tão constrangida por não ter tomado mais precauções! Não cuidei dele o suficiente. Eu o perdi! Embora, tecnicamente, ele mesmo tenha se perdido, em circunstâncias desfavoráveis.

Depois de falar com uma veterinária que ficou algumas semanas com ele, tenho alguma esperança, mas isso não diminui a terrível ansiedade que estou sentindo.

Hoje pensei que, quando se tem um cachorro, envelhecer juntos é algo que acontece cedo demais. Para o animal, é algo cinco ou seis vezes mais rápido que para um humano. De fato, no filme Tempo, de M. Night Shyamalan, é o cachorro quem morre primeiro.

Reconheço que, quando Roshi roncava a meu lado, eu não pensava em nada disso. Tudo era tão perfeito quanto podia ser. Nunca teria pensado que só nos restavam umas poucas semanas juntos...

Quando se é jovem, o tempo à nossa frente parece uma eternidade, mas ter setenta e três anos não é brincadeira.

Lembro que nós nunca tivemos um cachorro porque você gostava mais de gatos. Então você deixou este mundo, e foi só depois da morte do último gato que, finalmente, consegui ter um cachorro. O cachorro que sempre quis ter.

Pensei que envelheceríamos juntos. Poderia ter acontecido, por que não?

Mas daqui a pouco vai fazer dois meses que Roshi se perdeu. Ainda não desisti de encontrá-lo, mas eu odiaria ter de visitar meu irmão outra vez.

Talvez hoje ou amanhã eu me arrisque a sair, finalmente. Preciso continuar a viver. Não posso seguir escondida em minha caverna. Preciso dos meus amigos, voltar ao clube de bridge. Quanto a meus longos passeios, eu acho tão estranho fazê-los sem Roshi... É tão difícil!

Seguindo os conselhos de minha professora de ioga, tento meditar todos os dias, mas tenho muita dificuldade para ficar quieta, sem fazer nada. Quando fecho os olhos, tudo começa a doer, ou, se por algum motivo milagroso não dói, começa aquela conversação interior em minha mente, e acho muito difícil me concentrar em respirar.

Na minha cabeça aparece o olhar cor de âmbar de Roshi, seu pelo fofinho e o focinho sorridente com a língua de fora. Meu Deus, como posso sentir tanta falta de um cachorro? Será que dei a ele amor demais? E será que o amor poderá ser, algum dia, demais?

Eu me recuso a desistir. Ainda tenho esperança de encontrá-lo.

É claro que também amo você, e sinto sua falta.

Você não sabe como me faz bem te escrever, o alívio que eu sinto. É como se, de algum modo, você estivesse aqui para desanuviar minha cabeça e meu coração. Falar com você me dá forças, Gerard.

Talvez hoje eu consiga dar um passeio pelo bosque, o primeiro desde que voltei para casa sem Roshi. Seria um bom começo, não acha?

Sempre sua,

Ingrid

Terminada a carta, ela tampa a caneta e a deixa junto do caderno. Seca duas lágrimas errantes do canto dos olhos antes de fechar o caderno e empurrar a cadeira para trás.

— Vamos — ela diz a si mesma.

Depois sai do estúdio e vai até o quarto para trocar de roupa.

CAPÍTULO TRINTA E TRÊS

O JANTAR ESTAVA MUITO GOSTOSO. E o melhor de tudo é que a mulher não o obrigou a entrar, deixou-o ficar na varanda. As noites têm sido cada vez mais frescas, mas ainda não está fazendo frio de verdade.

No sofá junto à porta, com a cabeça enfiada entre as almofadas e a manta que a mulher trouxe, Roshi sonha.

Está com Ingrid. Eles brincam com a bola macia que ela sempre levava consigo. Num dado momento, o chão se transforma num banco de areia movediça que prende as patas de Roshi. Ele luta contra a areia, mas não consegue se libertar. Ingrid não pode vê-lo nem o ouvir. Ele uiva, soluça e tenta libertar as patas, sem sucesso. Grunhe para a areia movediça enquanto desaparece.

No meio do pesadelo, sente uma mão quente em sua testa. Surpreso, ele late enquanto se sacode para acordar. Ainda é noite e uma lâmpada fraca no teto ilumina a varanda.

As almofadas estão espalhadas pelo chão, e a mulher da casa, de roupão, senta-se ao lado dele.

Ela lhe oferece a mão, de dedos longos e magros, e ele a cheira. Depois, fareja as extremidades dos joelhos dela, cuidadosamente envoltos pelo roupão.

A cadeira de madeira range quando ela se levanta. Antes de sair, apalpa a cabeça de Roshi e diz:

— Sei que não quer entrar, senhor cão, mas se vai me acordar outra vez com seus grunhidos e choros, acho que terei que tomar as rédeas da situação. Você me assustou!

O cão olha para ela com a cabeça inclinada para a esquerda, piscando com a luz que agora chega diretamente aos olhos dele.

— Não seja tonto... Você faz barulho! E talvez acorde os vizinhos também. E minha amiga Marge, que não gosta de cachorros. Eu vou descansar, e você também podia entrar!

Ela para em frente à porta e, antes de entrar em casa, olha para trás para ver se o cão mudou de ideia. Roshi a observa e não se move nem um milímetro. Ela suspira, enquanto uma corrente de ar gelado a faz estremecer.

Por fim, fecha a porta e desaparece lá dentro.

Roshi dá um pulo e desce do sofá, se alonga e coça a nuca. Depois, se senta no chão frio de ladrilhos, se deita e apoia o queixo nas patas. Está cansado e sentindo cada um de seus músculos.

Solta um pequeno ganido e ergue os olhos para o céu, procurando suas brilhantes companheiras.

Roshi acorda quando a mulher põe uma tigela diante de seu nariz.

— Bom garoto, não ouvi mais nada o resto da noite... — diz, dando batidinhas amistosas em sua cabeça. — Marge vai chegar logo, então é melhor você ir embora...

Roshi ataca a tigela. Quando termina, lambe a boca fazendo grandes círculos. Na sequência, sai correndo.

— Uau, estou vendo que entende o que digo. Você é um rapaz muito educado! — diz ela, segurando o corrimão da escada com força.

Sente-se feliz por ter ajudado o cachorro.

— Erica!

Uma figura cor de creme se aproxima, vinda de longe, acenando energicamente. A dona da casa não a vê chegar porque adormeceu na cadeira de balanço da varanda. Ela aprendeu que o sol da manhã é o melhor remédio para a melancolia.

Erica abre os olhos, esfrega-os e coloca os óculos outra vez.

— Marge! Que bom te ver. Você não vai acreditar no que aconteceu ontem! Venha cá e se sente!

— Você está ótima, Erica — diz a amiga, pegando suas mãos. — Está com uma cara muito melhor do que na semana passada! Dormiu bem?

— Só metade da noite...

— E por quê?

— Recebi a visita de um cavalheiro... — Levanta os olhos em direção a Marge, se fazendo de interessante. — Sente aqui comigo que eu te conto. Quer tomar um chá?

— Mas é claro! Eu mesma o preparo. Não se mexa, você está maravilhosa debaixo desse sol.

O longo cabelo loiro flutua atrás de sua figura alta e esbelta ao entrar na casa. Quando Marge volta com um bule de chá e duas xícaras fumegantes sobre uma bandeja, fica paralisada. Erica não está só: fala em voz baixa com um cachorro cor de creme que se encontra ao pé da escada.

Não! É um animal grande. Enorme! Um cachorro!

Suas mãos tremem ao deixar a bandeja em cima de uma cadeira vazia. Fala em um fio de voz:

— De quem é essa fera, Erica? O que é isso...?

— Tudo bem, Marge — diz Erica, apaziguadora, enquanto o cão recua alguns passos, afastando-se da escada. — É um amigo, eu o conheci ontem no cemitério, quando fui visitar meu menino. Ele me acompanhou na volta e, em troca, dei-lhe um pouco de comida e o deixei dormir na varanda, porque não quis entrar.

Fala depressa para acalmar Marge, que está respirando com dificuldade e precisa fazer uma pausa para engolir em seco.

— Mas você não sabe nada sobre este cachorro, Erica! Será que foi vacinado? Ele pode ter raiva... Como pode ser tão irresponsável?

Erica respira fundo e olha para Marge.

— Achei que ele tinha ido embora, mas estou vendo que não. Sei que você não gosta de cachorros, Marge, mas acho que está exagerando.

Erica odeia discutir e não gosta de ver que o cão está ficando assustado por causa de Marge. Sua amiga, que já está procurando o celular na bolsa, ficou louca.

— Temos que ligar para o canil.

Dito isso, levanta-se da cadeira e tenta dar um pontapé no cachorro, que foge correndo rua abaixo.

— Posso saber o que está fazendo? Você o assustou e agora ele foi embora!

— Faz tempo que você devia ter ligado para o canil, Erica. Esse vira-lata bestial podia te morder e te contagiar com o vírus da raiva!

Erica balança a cabeça. Algo aconteceu com Marge. Então propõe:

— Será que podemos nos sentar e tomar o chá?

A amiga concorda e ambas sorvem o líquido âmbar de suas xícaras em silêncio durante algum tempo. Quando sente que Marge está mais tranquila, pergunta a ela, gentilmente:

— O que está acontecendo, querida? Você não é assim... Expulsou meu convidado.

— Você chama esse saco de pulgas de... convidado?

Erica fixa os olhos nos de Marge para que ela entenda que passou dos limites. Marge afunda a cabeça na xícara, depois desmorona e começa a chorar.

Diante do olhar amável e acolhedor da amiga, conta que o marido saiu de casa há alguns dias. Ela ainda não contou para as crianças, ficou inventando desculpas. Também não tinha coragem de contar para Erica, porque... dois anos depois de perder o filho, uma nuvem de tristeza ainda a envolve.

— Não queria que você ficasse preocupada — conclui Marge, com o rosto banhado em lágrimas.

Erica a abraça com força. Não há nada que possa dizer, além de que sente muito e que estará ao seu lado para ajudá-la, não importa o que aconteça.

Depois dessas confissões e de um longo silêncio compartilhado, uma tímida luz assoma em seus olhos e em seu rosto.

— Eu sei que o que estou vivendo não é nada comparado a perder um filho na flor da idade — confessa Marge. — Tenho consciência de que devia ter ficado ao seu lado muito mais do que fiquei quando você precisou de mim. Fui egoísta.

— Querida... — Erica pega as mãos da amiga. — Você esteve ao meu lado muito mais do que imagina. Você é minha melhor amiga e salvou a minha vida! Trate de esquecer aquele chato que só sabia ver uma partida de beisebol depois da outra. Você é uma pessoa linda e brilhante. Quando tiver se recuperado, vai ter uma fila de gente batendo à sua porta.

Marge volta a chorar copiosamente, mas agora a tristeza se

mistura ao consolo de saber que sua amiga está ao seu lado, que não vai permitir que ela desmorone. Erica, que sofreu muito mais, lhe dá forças para lutar.

— Amanhã, quando as crianças estiverem na escola, venha para cá e vamos ver A *felicidade das pequenas coisas*. Descobri esse filme há poucos dias e acho que você vai adorar.

— Se você está dizendo, faremos assim... embora o título seja bem estranho.

— É o primeiro filme do Butão a ser indicado ao Oscar — explica Erica, servindo um pouco mais de chá para as duas. — É sobre um professor jovem e rebelde que é enviado à escola mais isolada do mundo.

Enquanto tomam o chá em silêncio, Erica oculta de Marge que está inquieta. Embora o conheça há pouquíssimo tempo, sente falta do cachorro. Ela gostaria de lhe servir um jantar e que ele passasse outra noite na varanda.

É bom cuidar um pouco de alguém, diz a si mesma, antes de voltar a animar a amiga.

CAPÍTULO TRINTA E QUATRO

A MAIORIA DAS CASAS DESTA PEQUENA CIDADE tem um cheiro convidativo. Mesmo assim, não me detenho diante de nenhuma porta. De dentro poderia sair um cão selvagem, ou então uma humana como a que tentou me dar um pontapé.

Em minha exploração, presto atenção em tudo, como Socks me ensinou; nunca se sabe o que pode acontecer. Depois de um tempo perambulando pelas ruas, me dou conta de que já estou com fome de novo.

Isso me leva de volta à casa de minha amiga. Antes de subir a escada da varanda, afino meu olfato para saber se aquela humana furiosa ainda está por ali.

Afirmativo, embora seu cheiro não seja o mesmo desta manhã.

Além disso, ao pé da escada me chega um cheiro ácido de preocupação. Conheço bem esse cheiro por causa de Ingrid. Na viagem de carro, antes de me perder, ela exalava esse odor. Não gosto dele.

— Ah, você voltou! — diz a dona da casa, descendo as escadas. Descubro que ela está feliz por me ver. — Fico contente em vê-lo, senhor. Você é tão meigo... Mas Marge não gosta de cães... e hoje está tendo um dia difícil. Vamos encontrar um dia melhor para que eu apresente vocês.

Apesar de ela falar com voz suave, fico indeciso. Não entendo tudo o que diz, mas sinto que alguma coisa não está bem. Meus músculos se tensionam quando a humana loira e esbelta aparece na escada e grita:

— Ah, céus!

Enquanto recuo, vejo que minha amiga repreende a convidada. A mulher gritona tem muito medo de mim, não sei por quê!

Vou sair com o rabo entre as pernas, mas a anfitriã me oferece dois peitos de frango empanados envoltos em papel. Pego o pacote com os dentes, mas vou comê-lo em outro lugar, longe do perigo humano.

Antes de procurar um esconderijo para comer tranquilo, olho para ela e vejo amor em seus olhos. Confio nela.

Depois de almoçar, passo algumas horas patrulhando as ruas do bairro. De vez em quando vejo famílias com crianças entrando ou saindo de carros.

Quando o sol está alto, sinto calor e sede, assim volto a andar até o cemitério, onde corre um riacho. Me sinto melhor mais afastado das casas, então procuro um lugar confortável para dormir um pouco.

Os melhores cochilos acontecem sob o sol, com a cabeça escondida na sombra. O murmúrio do pequeno riacho é tão agradável que tenho sonhos felizes, com a época em que as coisas eram muito mais fáceis para mim. Minhas patas e músculos também desfrutam desse descanso tranquilo.

Um cheiro desconhecido me acorda à primeira hora da tarde. É uma companheira canina! Uma cocker spaniel. Está brincando a certa distância com seu humano, que joga uma bola de tênis para ela. Bocejo e fico pensando se devia ir embora. No entanto, ela parece inofensiva.

É uma cadela curiosa, e então, quando a bola vem parar perto de onde estou descansando, ela a pega e, em vez de voltar correndo para o humano, me mostra a bola para me encorajar a persegui-la. Que cara de pau!

Desde que perdi Ingrid, perdi também o interesse pelas bolinhas de tênis, então não quero brincar. A cocker volta para o dono meio decepcionada.

Não demoro a perdê-los de vista.

Decido voltar à casa de minha amiga. Embora haja o perigo da mulher gritona, é o único lugar em que tenho jantar garantido.

Não pego o caminho mais rápido, porque gosto de conhecer o maior número de coisas possível. Todos os cheiros contam histórias que me ajudam a me familiarizar com o lugar.

E há também os deliciosos aromas de comida escapando das janelas das cozinhas das casas. Meu estômago dá um ronco tão forte que chego a dar um pulo.

— Aí está você! — minha aliada me cumprimenta com alegria.

Só sinto seu cheiro, a bruxa já foi embora, então subo a escada a galope. Quando chego com o nariz perto dela, me faz cócegas na barriga.

— Tenho algo para você — diz ela, antes de desaparecer dentro de casa.

Quando volta, traz a mesma tigela grande da manhã, cheia de carne e de grãos brancos e macios.

Enquanto devoro ruidosamente meu jantar, ela se senta na cadeira de balanço e fica olhando para mim, divertida.

Permanecemos juntos na varanda enquanto escurece. Ela acende a luz para ler e liga o rádio: gira uma rodinha até encontrar uma música de que gosta. Sei disso por causa de seu sorriso. Eu também gosto, porque isso me lembra dos momentos que eu passava com Ingrid no jardim, ouvindo uma música tranquila, sem fazer nada.

É bom estar com alguém tão gentil, mesmo que não seja ela. Descanso feliz ao seu lado.

Passo os dias seguintes com Erica, sumindo cada vez que a bruxa alta aparece. Minha amiga devia procurar uma companhia melhor.

Embora essa vida tenha suas vantagens, eu preciso ir embora para continuar procurando o caminho de casa. Por outro lado, não quero deixar minha nova amiga sozinha. Ela ainda não está pronta.

Passeamos juntos pelo bairro todos os dias. Voltamos algumas vezes ao cemitério onde nos conhecemos. Ela sempre leva flores e fica um bom tempo ao lado de uma pedra alta.

À medida que me acostumo com este lugar, os cheiros me ajudam a fazer um mapa de quem vive na cidadezinha. Agora sei que, numa casa vizinha, moram um homem de pele escura e um gato da mesma cor. O gato às vezes sai à rua, mas não parece ter medo de mim. O homem é esquivo, mal o vemos, mas tem o aroma doce e amanteigado dos bons corações.

Contudo, parece nunca receber visitas.

Ao voltar de um de nossos passeios, sigo com determinação até aquela casa. Minha amiga me acompanha, parece intrigada.

Me aventuro para além da linha invisível que protege os domínios do gato. Me sento em frente à porta daquela casa e dou um latido. É agora ou nunca.

CAPÍTULO TRINTA E CINCO

— O QUE ESTÁ FAZENDO, SENHOR? Esta não é a nossa casa... O que procura aqui? Seu dono mora aqui, será? É isso que está tentando me dizer?

Roshi olha para ela com expectativa. Está ofegante e seu focinho ostenta um grande sorriso sob os olhos âmbar. Volta a latir com força.

Erica olha para o cão e para a porta, confusa. Odeia incomodar as pessoas, especialmente as que não conhece.

— Venha, senhor, vamos embora. O senhor não tem nada que fazer aqui, tampouco eu. Vamos voltar para casa! Ou, se este é o seu dono, então não sei o que você andou fazendo comigo... Não gosto de brincadeiras.

Ela o agarra pelo pescoço para sair dali, mas Roshi resiste. Sente que o odor de tristeza está aumentando.

Ah, ele não deve deixar que ela se vá! Onde está o homem que cheira bem e mora nesta casa?

Ouve-se um miado atrás da porta. Isso anima Roshi a latir mais forte. Ela se sente sufocada.

Então, de trás da porta chega uma voz suave:

— Já vou... Quem é?

Erica fica paralisada quando a porta se abre.

— Você se deu conta do que acabou de fazer? — sussurra para o cão antes de limpar a garganta e falar: — Olá, sou Erica, sua vizinha. Será que o senhor não perdeu um cachorro como este...?

O homem tem um aspecto taciturno. É um afro-americano alto e provavelmente um pouco mais velho do que ela. Seu cabelo preto já está bastante grisalho.

— O que é que...? — pergunta ele, sonolento.

Depois, para no meio da pergunta e presta atenção em Erica. Parece impressionado.

Roshi arfa, triunfante, e olha de um para outro, como se dissesse aos dois: estão vendo o que consigo cheirar? Depois boceja e se deita junto à porta, como se intuísse que aquele encontro se estenderia.

— Sinto incomodá-lo, faz dias que este cachorro está rondando a minha casa. Como me trouxe até aqui, achei que ele talvez fosse seu — explica Erica, em voz baixa, sem conseguir controlar totalmente o nervosismo.

Seus olhos se dirigem a algum lugar longe do homem. Constrangida, ainda não teve coragem de olhar para o rosto dele.

O homem, que veste um agasalho azul-escuro, a olha com interesse, empurrando o gato para trás com o pé direito para que ele não saia.

Olha para o cachorro e, depois, para a vizinha.

— Não tenho a menor ideia de quem é este cachorro... mas você é a Erica Supinsky!

Ela retribui o olhar pela primeira vez. Escancara os olhos ao se dar conta de quem está diante dela.

— Mas... — começa, e depois seu rosto se ilumina. — David Taylor! Não posso acreditar que é você! Moramos quase colados e eu não...! Ou eu estou cega, ou você nunca sai de casa.

— Provavelmente a segunda opção — diz ele, mostrando dentes radiantes ao sorrir. — Sou tradutor e passo o dia dentro de casa.

Nesses poucos meses em que estou aqui, também não conheci ninguém. Como poderia imaginar que você...?

A título de resposta, Erica estende as mãos. Em seguida, os dois se fundem num longo abraço.

— Erica! É você, de verdade!

Os olhos de David se iluminam com um sorriso pleno, que se espalha pelo rosto, rejuvenescendo-o.

— Já passou tanto tempo desde o último café que tomamos na faculdade... — diz ele, nostálgico.

— Isso deve ter sido umas três vidas atrás...

Os dois riem como não faziam há anos.

Depois de uma longa solidão ainda por explicar, os olhos escuros de David voltam a brilhar diante dos profundos olhos castanhos de Erica, em cujas bordas tremulam algumas lágrimas.

— Posso te convidar para tomar um chá? — pergunta ele, cauteloso. — Sou um gourmand e às vezes acrescento ao chá um pouco de menta que tenho plantada num vaso.

Ela não consegue responder. O reencontro com aquele que foi seu melhor amigo na faculdade de Letras a deixou emocionada. Por fim, assente e o segue até o interior da casa. Quando dirige um último olhar ao cachorro, que os observa muito atentamente, com a língua de fora, não pode deixar de dizer a ele:

— Não sei de onde você saiu, mas você deve ser um bruxo.

CAPÍTULO TRINTA E SEIS

O GATO OS RECEBE COM CURIOSIDADE e os acompanha até o interior da casa. Isso desperta o interesse de Roshi, que sai de seu canto para participar do encontro.

Sente-se um pouco humilhado pelo felino não demonstrar medo de um cachorro que pesa dez vezes mais do que ele. Por isso, antes de chegar à cozinha, se diverte cheirando alguns lugares da casa, os sapatos e um velho baú.

A cozinha é luminosa e acolhedora, com grandes janelas que derramam claridade nas paredes brancas. No centro, fica uma mesa redonda de madeira, com um castiçal e três cadeiras.

David e Erica ocupam duas delas, e o gato não hesita em saltar para a terceira. Com a cabeça preta aparecendo na borda da mesa, parece mais uma pessoa esperando para fazer um lanchinho.

Roshi observa a cena familiar com espanto.

O anfitrião acende uma vela e mexe num controle remoto. Um jazz suave preenche o espaço, enquanto ele se levanta para ligar a chaleira elétrica.

— Que tipo de chá você gostaria de tomar? Tenho de *rooibos*, chá verde e chá preto...

— Ah, prefiro chá preto normal. Com uma rodela de limão, se você tiver. Obrigada.

Ela não olha para ele. Contempla tudo ao redor, como se quisesse beber aquele espaço.

— Você tem uma casa maravilhosa, David. Foi decorada com muito bom gosto.

— Eu morei na Suécia nos últimos quinze anos, voltei quando minha mãe faleceu. Esta casa era dela. Na verdade, o mérito do que você está vendo é dela. Depois de muitos anos ensinando literatura estadunidense, decidi retornar ao ninho. Sempre fui muito ligado à minha mãe, você se lembra? Mesmo vivendo na Europa, falávamos todos os dias por telefone. Agora que ela se foi, sinto que fala comigo por meio de cada coisa desta casa... — Neste ponto, ele põe um punhado de chá Assam na chaleira e diz: — Você deve achar que estou maluco.

— De jeito nenhum...

Ela está tão emocionada e feliz com o reencontro que disfarça o nervosismo olhando para Roshi, descansando sobre um tapetinho ao lado da mesa.

Somente suas orelhas se mexem levemente, indicando que está prestando atenção ao que acontece.

— Então este cachorro não é seu?

— Não, nunca tive cachorro. Sempre fui uma pessoa de gatos, como minha mãe... Na verdade, este é o primeiro vira-lata a entrar nesta casa.

Erica suspira, mas não por ter deixado um cachorro desconhecido entrar na casa de um velho amigo. Sente que é hora de contar algo que a dilacera.

Como se intuísse sua ansiedade, David serve o chá com cuidado e mantém o silêncio, com medo de quebrá-lo com um passo em falso.

— Meu único filho morreu há dois anos. — O olhar dela se fixa num ponto escuro no chão. — Eu o criei sozinha, e ele só pôde desfrutar a vida até os dez anos de idade. Depois de uma longa batalha contra a leucemia, ele se foi. Agora estou sozinha, e só quem me visita é uma amiga louca e este cão que eu não sei de onde saiu...

Os olhos de David brilham. Ele bate suavemente na mesa com a mão esquerda e abaixa a cabeça. Finalmente decide falar, a voz baixa e suave:

— Sinto muito, Erica. Saber de sua perda fez eu me sentir muito mal, porque em todos estes anos não entrei em contato com você. Nem sabia que você tinha um filho... Te peço perdão por isso.

Erica põe a mão sobre a do velho amigo, que suspira.

— Você não tinha como saber. Vivíamos em continentes diferentes, e a vida nos leva por tantos caminhos... O importante é que não esquecemos o carinho que temos um pelo outro, e agora estamos aqui. Pelos velhos tempos, David. — Ela ergue o chá.

Quando as xícaras se chocam, ele acrescenta:

— E pelos novos.

David aperta a mão de Erica, reforçando o que disse. Também há uma pequena pausa na música. Depois, um baterista começa a tocar num ritmo tranquilo.

— Eu me casei pouco depois de chegar à Suécia, mas o relacionamento só durou dois anos. Minha mulher não gostava de nada do que eu fazia e nem do que eu era, então decidimos amistosamente separar nossos caminhos. Desde então, pouca coisa aconteceu... Não tenho filhos, embora eu tenha adotado cinco gatos lá, e agora este aqui, logo que voltei. Ele se chama Fekete. Aliás, me parece uma coincidência prodigiosa que você tenha uma casa bem ao lado da casa da minha mãe.

— A casa não é minha, foi deixada para mim por minha companheira, Mónica, antes de nos separarmos. Ela, sim, é que deve ter conhecido sua mãe, vou perguntar. — Erica faz uma pausa para tomar um gole de chá, enquanto ele leva para a mesa uma bandeja com biscoitos que ele mesmo assou. — Embora eu tenha me tornado mãe antes de conhecê-la, a morte do menino nos deixou mergulhadas numa tristeza tão grande que acabou com nosso relacionamento. Éramos uma lembrança da tragédia uma para a outra.

David abaixa a cabeça outra vez, sem saber o que dizer. Então massageia o queixo, como se esperasse despertar as palavras apropriadas com o gesto.

Ao perceber sua aflição, Erica decide mudar de assunto e diz:

— Estes biscoitos estão ótimos! Não dá para você abrir uma confeitaria em vez de ficar traduzindo o dia todo? Aliás, que livros você traduz? E Fekete... que espécie de nome é esse?

David ri inesperadamente frente à chuva de perguntas que transformam o ambiente lúgubre que havia se instalado na cozinha.

— Vou começar pelo final. Fekete significa "preto" em húngaro. Era o nome desse gato no abrigo de animais em que o adotei.

— E as outras perguntas? Quando vai respondê-las?

— Tudo a seu tempo, Erica. Agora que nos reencontramos, vou te contar um capítulo de minha vida a cada vez que você vier, ok? Vai ser fácil, somos vizinhos!

Nesse momento, Roshi se levanta, como se achasse que o tempo de uma visita de cortesia já se esgotara.

— Tudo isso é culpa sua! Nem sei bem quem você é, embora me pareça um senhor bastante inteligente... — diz ela, coçando as orelhas de Roshi. — Que nome você daria a ele?

— Chamaria de Senhor, já que é assim que você se dirige a ele.

Fazendo jus a seu novo nome, Roshi agora anda de modo muito digno até a porta, seguido a certa distância por Fekete.

— Acho que está na hora de ir embora, David. Preciso descansar depois de tantas emoções. Que tarde!

— Quer que eu te acompanhe até em casa?

— Sim, por que não? Senhor, o que acha? — E olha para o cão, buscando sua aprovação.

Roshi responde com um latido tão forte que faz o gato dar um pulo, antes de sair da casa que começa a fabricar felicidade.

CAPÍTULO TRINTA E SETE

A CADA MADRUGADA, OBSERVO OS DISTANTES vagalumes aqui da varanda, assim como o sol que se levanta todos os dias. Gosto deste lugar. O sofá é confortável e posso contemplar o céu.

No entanto, agora que Erica encontrou uma boa companhia, devo retomar minha viagem. Meu corpo se sente descansado e minha barriga está cheia. Para chegar até Ingrid, devo ir até o cemitério e ainda mais adiante. As estrelas assim indicam.

Os raios do sol da manhã aquecem suavemente o mundo ao meu redor, incluindo minha pelagem, enquanto me alongo e sacudo o corpo. Decidi esperar até Erica me oferecer o café da manhã. Depois disso, vou embora.

As despedidas são tristes, mas preciso seguir viagem.

Dou um último passeio pelo bairro antes que ela acorde. A grama está úmida por causa do orvalho: um lugar ótimo e fresco em que posso rolar de costas. Sinto que minhas patas querem correr e que meu focinho se afina para me guiar pelo caminho. Estou ansioso para partir.

Ao voltar, Erica já está na varanda e acaba de deixar ali a tigela com minha refeição matinal. Subo a escada, me aproximando, e ela me dá tapinhas na cabeça quando chego.

Começo a comer e ela se senta na cadeira de balanço para me fazer companhia.

— Senhor, você é realmente único! Eu jamais teria imaginado que voltaria a encontrar meu velho amigo... Quem me dera meu filho ainda estivesse vivo para conhecê-lo!

Levanto a cabeça para demonstrar apoio com o olhar. Sei que ela está triste e feliz ao mesmo tempo, como um dia de sol e chuva.

Volto a engolir o conteúdo da tigela, que hoje está especialmente saboroso: uma boa quantidade de grãos macios e brancos com um pouco de carne vermelha. Caramba, está muito bom! Assim fica difícil ir embora!

Ao terminar, me sento diante dela e ponho uma pata em seu joelho pontudo. Ela estende as mãos magras para coçar atrás das minhas orelhas.

— Bom trabalho, Senhor. Você prestou um grande serviço para nós dois, para David e eu. Nem sei como te agradecer por isso! Eu adoraria te ajudar a encontrar o seu dono, mas não sei por onde começar. Se você ao menos tivesse algo que te identificasse... Talvez eu devesse ver se você tem um chip...

Só consigo entender que ela está contente. Há muita gentileza em sua voz.

Os humanos sempre nos olham nos olhos ao falar conosco, o que me deixa nervoso. Os cães nunca fazem isso. Socks, Tabby e Alma sempre olhavam para outro lado quando fazíamos alguma coisa juntos. Porém, é como se as pessoas sempre esperassem algo de você.

Sou apenas um cachorro, então devo desviar o olhar. Eu me viro para mostrar a Erica que vou naquela direção. Não tenho outra maneira de dizer isso a ela.

— Humm... me parece uma boa ideia. Podemos ir até o cemitério. Precisamos contar ao meu menino tudo o que aconteceu ontem! E a manhã está tão bonita...

Erica se levanta para entrar na casa. Reaparece pouco depois vestida para passear. Desço as escadas correndo e farejo a grama ao meu redor, como de costume.

Depois me sento para esperar por ela.

Quando chega, dou muitas voltas ao seu redor e vários latidos comemorativos.

Ela me dirige um olhar doce e melancólico.

Em nosso último passeio juntos, pulo e corro de um lado para o outro. Ao passar perto da casa do homem e do gato, meu focinho capta os cheiros dos dois.

Fico latindo para quem quiser ouvir.

— Não, Senhor, por aí não... Agora vamos ver meu menino.

Sem saber o que ela disse, sinto que estou de acordo.

Quando chegamos à entrada do cemitério, gemo um pouco e me nego a entrar. Não sei como fazê-la saber que não vou entrar ali. E que devo partir.

Ela me olha como se entendesse e diz:

— Espere-me aqui, então. Se quiser, é claro... Você é uma alma livre, não é?

Ladro em resposta.

Antes de ir abraçar e falar com a pedra, Erica se agacha e fica me encarando. Acho que, sem saber, intui o que está para acontecer. Lambo sua mão e me levanto para apoiar as patas nela, que me abraça e me fala coisas bonitas que não entendo. Só sei que gosta de mim.

Depois, ela suspira e entra no cemitério.

Chegou a hora. Levanto a pata traseira e deixo minha marca. Logo antes de partir, dou um latido para minha amiga e companheira destes dias aprazíveis.

De sua pedra, ela faz um sinal com a mão. Eu uivo e saio correndo na direção do riacho.

OS ENSINAMENTOS DE UM CÃO #3
— Notas para uma reportagem —

Na terceira estadia de nosso amigo com um ser humano, Erica Supinsky garante ter recebido o apoio e as lições de Roshi. Embora tenham passado poucos dias juntos, a professora de inglês, que naquela época estava de licença devido à depressão, garante que houve um antes e um depois da chegada de Senhor, como ela o chamava.

Sua amizade fugaz permitiu que ela se reconectasse com um velho amigo de faculdade, que vivia na vizinhança sem que ela soubesse. Hoje, os dois formam um casal, e Erica voltou a trabalhar na escola da cidade.

Estes são alguns dos ensinamentos que ela recorda ter recebido do "cão-bruxo", como também o chamava:

1 - METADE DA FELICIDADE É SABER PERDOAR (A OUTRA METADE É SABER ESQUECER). Se Roshi tivesse partido ressentido, depois de ser rudemente enxotado pela amiga de Erica, ela teria perdido uma bela amizade e a magia do encontro com David. O rancor nos afasta das coisas mais preciosas da vida.

2 - VOCÊ NUNCA ESTÁ SÓ. Embora possa-se pensar assim, há sempre alguém esperando por nós em algum recanto escondido da vida.

3 - O AMOR NÃO SE PERDE, SE TRANSFORMA, tal como acontece com as outras energias do Universo. Quando você perde um ente querido, o amor que sentia (e sente) se multiplica para que você possa entregá-lo a outras pessoas.

CAPÍTULO TRINTA E OITO

BEBO TUDO O QUE POSSO na parte baixa do riozinho, já que não sei quando vou encontrar água outra vez. E muito menos comida...

Seguindo a direção indicada pelo meu olfato, vai ficando cada vez mais difícil percorrer os caminhos construídos pelos humanos. O chão é duro demais para minhas patas, então passo para uma trilha que corre ao longo da estrada.

Estou faminto e cada vez mais cansado, mas não quero parar.

Toda vez que encontro um lugar com água que parece limpa, bebo e me refresco. Ainda não me aventurei a caçar, mas talvez precise fazer isso.

Ao anoitecer, um vento suave traz um longínquo odor de chuva. Procuro um refúgio para dormir.

O que encontro, em meio a um arvoredo, parece uma encruzilhada para seres noturnos: companheiros alados passam por cima de mim, posso sentir o cheiro de alguns cervos, além de roedores e alguns animais maiores.

Decido fechar os olhos e confiar.

Volto a abri-los pouco antes do amanhecer. Deslizo com cuidado entre as árvores, farejando tudo, enquanto escuto a complexa sinfonia do bosque.

Acima da orquestra, um solista: uma coruja, ao longe, cantando para a lua.

Acima, o novo dia, que desperta com um céu nublado. Farejo o peso das nuvens, como uma manta suave e vibrante sobre minha pelagem. O ar está cada vez mais úmido.

Começo a trotar, sabendo que hoje o sol não conseguirá chegar com seu espetáculo dourado.

Tenho esperança de encontrar comida e abrigo antes que comece a chover.

CAPÍTULO TRINTA E NOVE

HOJE É O SEGUNDO DIA QUE CHOVE SEM PARAR. Na falta de outro refúgio, a parte oca de uma árvore caída me serviu de abrigo. O jantar não foi nada agradável: cacei uma ratazana e encontrei metade de um pássaro em meio à folhagem. Pelo rastro deixado pelos cheiros, deve ter sido abandonado por um lince.

Não gosto de carne crua, mas é melhor do que nada.

A trilha que percorro hoje é de brita. As pedrinhas estão bem afiadas, e não é nem um pouco confortável caminhar sobre elas. Mesmo assim, é melhor do que passar longas horas andando no asfalto.

Atravesso um bosque cheio de árvores novas e delgadas que aspiram chegar ao céu. Percebo nelas uma vibração, um anseio por crescer. Talvez um dia cheguem até o alto, assim como eu espero chegar até Ingrid.

Continua chovendo e está tudo cheio de barro.

Quando o véu da noite começa a cair, consigo farejar um assentamento humano. A chuva impede muitos cheiros de chegarem até meu focinho, mas ainda assim consigo detectar vacas e cavalos. Diminuo o passo e contorno o lugar com cautela.

Estou morrendo de fome. Preciso comer alguma coisa! Vejo uma luz ao longe, para além de onde estão os animais de quatro patas.

Depois de hesitar, decido seguir meu caminho. Onde há gado, costuma haver cães, então é melhor evitar problemas.

Um pouco mais adiante, depois de um extenso terreno sem árvores, sinto, através da cortina de chuva, um aroma de madeira cortada e úmida, com um leve toque de fungos.

O cheiro vem de um celeiro.

Considerando a tempestade e os rugidos de minha barriga, digo a mim mesmo que chegou o momento de arriscar.

Corro até ali e, depois de encontrar a porta, tento empurrá-la com o nariz. Inicialmente ela não se mexe, mas, quando me levanto e apoio as patas dianteiras, a porta cede sob meu peso e se abre.

Me sacudo do lado de fora antes de me atrever a entrar. Uma vez lá dentro, farejo em todas as direções, como um investigador. O lugar está cheio de tralhas que não sei para que servem, e tudo cheira a pó.

Depois de examinar cada canto, encontro um pedaço de pão seco embaixo de um armário malcheiroso. Não consigo evitar latir de alegria, embora devesse ser discreto. Vai saber quem vive neste lugar...

Preciso enfiar minha pata várias vezes debaixo do armário para conseguir pegar o naco de pão, que está duro como uma pedra. Mas é o que tenho.

Dou duas ou três voltas em mim mesmo, como se fosse uma presa que pudesse escapar, antes de começar a mastigar.

Os dois dias seguintes transcorrem de maneira parecida, com a única diferença de que às vezes cai uma chuva fininha e noutras vezes chove cântaros.

Eu devia procurar um abrigo decente.

Não dou sorte com a caça e, quando aparece uma fileira de casas no lugar do bosque, estou mais faminto que nunca.

Me faltam forças.

Ataco a primeira lixeira que vejo pela frente e dou sorte: encontro um sanduíche pela metade, que engulo de uma vez, e depois fico ali sentado, como se esperasse que a comida fosse cair do céu.

Preciso comer algo mais, ou não vou conseguir continuar.

Fico em pé sobre as patas traseiras para empurrar com as da frente a beirada da lixeira. Consigo derrubar o lixo: muitos cheiros desagradáveis e nada comestível. Bem, valeu a tentativa.

Me abaixo, espirro para me livrar daquele cheiro e sigo meu caminho.

Avanço pelo condomínio, molhado e coberto de barro, quando ouço um miado fraco à minha direita.

Entre duas casas brancas com amplos jardins há um caminho. O miado vem dali.

Nunca fui muito amigo dos gatos, imagino que eu seja grande demais para eles. O máximo que consegui obter foi a indiferença daquele gato preto na casa que visitamos. Os outros costumam fugir antes que eu consiga cheirá-los. Com exceção desta gata tigrada.

Seus miados roucos chamam minha atenção. Ela está claramente pedindo ajuda.

Me observa à sombra da folhagem de um arbusto. Chegando mais perto, vejo que tem os olhos claros. É uma fêmea magra que mexe o rabo de um lado para o outro, como uma serpente.

Está desesperada.

Com muito cuidado, me aproximo lentamente, com o focinho pronto para cheirá-la. Confiante, a gata fecha lentamente as pálpebras e depois as abre outra vez.

Apoio o queixo no chão e olho para ela de modo interrogativo. *Qual é o problema, maninha? Você cheira a leite.*

Ela se aproxima e encosta suavemente seu pequeno nariz no meu. Isso quer dizer:

Você pode me ajudar, por favor...?

Pisco, dizendo que sim, e ela se levanta. Sai caminhando com as patas finas, o rabo balançando. De vez em quando, vira o pescoço em minha direção e mia suavemente. *Siga-me*, ela diz.

Solícito, acompanho-a por um caminho que ela parece conhecer bem, por entre várias casas. Quando passa por baixo de uma cerca de madeira branca, tenho que fazer força para me abaixar e segui-la. Do outro lado há um terreno cheio de terra revirada. Não tem grama alguma e cheira a... Um momento! O que é isso?

A gata começa a cavar o solo, como se quisesse desenterrar algo, mas não consegue. Claro que não! Suas patas são finas demais.

Depois de vários dias mexendo no lixo para comer, nisso eu posso ajudar. Começo a cavar o solo com minhas patas fortes. A terra recém-removida cheira como ela, cheira a felino, mas o aroma é mais suave e leitoso. E é algo vivo.

Começo a escavar mais forte, até conseguir alargar o buraco. Um coro de pequenas vozes emerge do subsolo. A gata que me levou até lá começa a miar com força.

Vozes pequenas e agudas respondem lá de baixo.

Depois de checar com o focinho que há algo vivo lá embaixo, escavo a terra macia com o nariz, até sentir que algo suave o toca.

Empurro meu focinho até ali. Tem gosto de terra, que nojo, mas consigo agarrar algo, muito suavemente, com os dentes. Levanto essa coisinha e a puxo para fora do buraco.

A gata pula até onde está o filhote e começa a miar para ele, a lambê-lo, enquanto eu continuo a escavar com o focinho para procurar pelos outros. Tiro dali cinco pacotinhos peludos, três deles gritando e mexendo as patinhas, os outros dois frios e rígidos.

Missão cumprida.

Os três pacotinhos trêmulos se sacodem, buscando os mamilos da gata. Ela os guia com as patas, cuidadosamente, para que encontrem o caminho correto. Exatamente naquela hora começa a cair uma chuva fina, suave como o orvalho. Preciso fazer alguma coisa.

Por mim e por esta pequena família.

Para onde ir?

Inclino a cabeça em direção ao lugar de onde viemos, depois para uma casa que fica à esquerda, que exala um odor adocicado, calmante. Ali, talvez?

Pego com cuidado um dos gatinhos vivos. A princípio a mãe me olha angustiada, mas logo compreende e mia dizendo que está de acordo.

CAPÍTULO QUARENTA

— INGRID, QUERO LEVAR VOCÊ A UM LUGAR.

— Não estou com vontade, Miriam, você já sabe... — responde, tensa, ao telefone.

Ela quer ficar em sua pequena bolha, lambendo as feridas, mas a amiga não aceita um "não" e insiste:

— Acredite em mim, vai ser um sábado muito especial. E o tempo está perfeito! Não esqueça das botas de trilha, ok? Já está na hora de você voltar às montanhas.

— Está bem... — concorda Ingrid, dando-se por vencida. — A que horas devo estar pronta, capitã?

De sua voz emana uma ironia que Miriam simplesmente ignora.

— Vou passar para te pegar às dez e meia.

Se Ingrid aprendeu alguma coisa nos quarenta e cinco anos de amizade com Miriam é que não há maneira de dissuadi-la quando ela mete uma ideia na cabeça. Ingrid olha para o teto e revira os olhos.

— Ok, ok... Estarei pronta — declara, olhando para o relógio de pulso.

São 9h43, o que lhe dá um pouco mais de meia hora. Respira fundo, estica os braços acima da cabeça e expira com força. Depois, abre a janela acima da escrivaninha.

Com o ar fresco, massageia os quadris e o sacro com os punhos e as mãos. Tenta, de todos os meios, movê-los em círculo. Sente-se rígida e acha difícil se mexer. Isso a faz lembrar de como sente falta do ritual de passeios com Roshi.

Antes de sair, cobre a cama com a colcha azul-clara e joga sobre ela duas almofadas de um verde intenso antes de ir até o armário.

Veste um top esportivo, uma camiseta branca e um moletom com capuz. Na sequência, pega as botas de trilha, cuja cor violeta está começando a desbotar, mas que continuam em bom estado.

Está amarrando os cadarços quando ouve uma buzina. Coloca a cabeça para fora da porta e faz um sinal para Miriam indicando que não vai demorar.

— Já chegamos... — diz Miriam, estacionando o carro em frente a um prédio branco com um único pavimento.

Outros carros começam a chegar. Parece um tipo de reunião. Os olhos de Ingrid se acendem ao escutar um som à distância... são latidos! Leva as mãos à cabeça e suspira.

— A fazenda pertence à Humane Society, Ingrid. Todos os sábados eles dão as boas-vindas a qualquer pessoa que queira levar um cachorro para passear. Os cães também estão para adoção... — Ela olha para a amiga com cautela antes de continuar: — Enfim, estamos aqui para dar um passeio de pelo menos oito patas, se você...

Ela se detém ao ver que Ingrid está com lágrimas nos olhos. A amiga esboça um sorriso nervoso, solta o cinto de segurança e abraça Miriam.

— Se eu soubesse, não teria vindo. Você sabe disso, não?

— Claro, Ingrid. Eu te conheço bem demais. Não é fácil te resgatar! Vamos lá, chegamos na hora.

Depois de sair do carro, encaminham-se para o prédio. À frente da porta da granja, cerca de dez pessoas escutam com atenção um asiático de idade avançada.

— Uma regra importante: não se pode ir com o cachorro onde bem entender. Aqui, passeamos todos juntos, em grupo. E vocês têm que esperar que o cachorro venha até vocês, porque na Humane Society deixamos que os cães decidam com quem querem passar o tempo.

Terminadas as explicações, o grupo se dirige ao canil, de onde vem uma sinfonia de latidos.

Há todo tipo de cães distribuídos pelos pequenos espaços, uns menores, outros maiores: dois chihuahuas que parecem irmãos, um velho fox terrier, cães pequenos e de tamanho médio de raça indeterminada, dois dinamarqueses e um outro que parece um esfregão preto. O voluntário explica que é da raça puli, da Hungria. Também aparece um pointer alemão de pelo curto. Exatamente a seu lado, um labrador cor de chocolate late com impaciência.

O coração de Ingrid se encolhe ao ver todos os cães. Não pode evitar pensar em seu Roshi e que ele, se ainda estiver vivo, talvez tenha acabado num canil como este. Ao perceber sua angústia, Miriam estende a mão e as duas caminham juntas até a porta do canil, que acaba de se abrir.

Os cães saem correndo para receber os humanos, o que obriga Ingrid a sorrir. Ela se espanta com a alegria dessas criaturas, com seus corpos agitados e narizes curiosos.

Depois de passar os dedos pelos cabelos prateados, o voluntário lembra a todos que devem deixar que os cães se aproximem. Ao fim do passeio coletivo, quem quiser levar um dos cães para casa deve falar com ele.

Miriam é escolhida pelos dois chihuahuas, que dançam em torno dela como bolinhas saltitantes, enquanto ela ri e se agacha para roçar a cabeça e as costas deles.

Ingrid repara que há um grande cão dourado dentro do canil. Foi o único que não quis sair. Continua deitado, o focinho sobre as patas.

O voluntário a informa que aquela é uma cadela da raça vizsla e que seu nome é Roe. Ela se juntou ao clã há poucos dias, porque seu dono faleceu e não tinha parentes próximos. Desde que chegou, não sai de seu luto melancólico.

Ingrid se agacha ao lado de Roe e a olha com carinho. Parece lhe dizer: *Sei bem como você está se sentindo.*

CAPÍTULO QUARENTA E UM

SIGO A GATA COM AQUELE PEQUENO CORPO palpitante preso à minha mandíbula. Ela me guia até uma casa separada das demais por uma piscina vazia. Fica parada junto à porta para me indicar que este é o lugar.

Meu focinho capta um aroma doce e leve vindo do interior da casa. Cheira a aconchego e gentileza. Parece um lugar amistoso.

Me aproximo da porta, com cautela. Lá de dentro vem uma agitação de risadas e conversa. Largo o pequeno peso que carrego sobre o capacho. O filhote mexe as patas e mia, de olhos fechados. Sua mãe vem lambê-lo e de vez em quando lança um olhar para trás. Está preocupada com o resto da ninhada.

Me parece arriscado latir, então dou um ganido e arranho a porta com as patas. Por algum tempo, nada acontece. Tento outra vez, como se pudesse escavar a porta.

Finalmente, o barulho e meu choro surtem efeito: as conversas e risadas cessam e ouço passos apressados.

Gemo um pouco mais e recuo alguns passos.

Quem abre a porta é um homem com um rifle. Meu instinto me diz para fugir. No entanto, abaixo a cabeça e continuo a ganir. Além do mais, os cheiros que escapam da casa são acolhedores e amistosos.

Enquanto o homem olha para mim com o rifle na mão, confuso, uma pessoa bem menor aparece atrás dele. Tem, talvez, um terço do tamanho dele e fala com uma voz aguda.

O homem abaixa a arma e me olha.

Continuo gemendo, ao mesmo tempo apontando com a pata para o capacho, até que seus olhos encontram o pequeno corpo que se remexe sob seus pés.

O homem diz alguma coisa para a pequena humana, que sai correndo para procurar outra pessoa. Pouco depois aparece uma mulher, que emite um som de surpresa ao ver não só a mim, mas também o visitante que deixei no capacho.

A mulher sai e volta, pouco depois, com um retalho de tecido nas mãos. Fica de joelhos e envolve o gatinho com o pano para que ele se aqueça.

Primeiro sucesso! Vamos ver se ela entende o resto.

Me levanto devagar e começo a me afastar. Dou alguns passos, me viro para a mulher, com a menina grudada em sua saia, e ladro para ela. Faço isso repetidamente.

Não sei se me entenderam.

Quando entram em casa, temo que minha missão tenha fracassado. No entanto, os três reaparecem em seguida. O homem ainda está com o rifle. Parece que captaram a mensagem e se dispõem a me seguir. Muito bem.

Dou a volta e caminho depressa em direção ao buraco de onde desenterrei os gatinhos.

Minha amiga felina se adiantou. Ao chegarmos lá, ela já está limpando os filhotes, os outros dois que ainda estão quentes e se mexem. Os corpos sem vida jazem, encolhidos, em um canto.

Os humanos se detêm ali e murmuram, surpresos.

Minha amiga gata mia suavemente, como se implorasse para que façam algo. Depois, caminha até os humanos e esfrega a cabeça em suas pernas. Assim, ela os ganha.

A mulher tira o suéter e com ele pega os dois gatinhos vivos, enquanto o homem, com o pé, enterra os outros dois.

Quando voltam para casa, eu os sigo à distância. Uma vez ali, fico junto à porta. Ninguém me convidou para entrar.

Depois disso tudo, me sinto cansado e faminto. Me aconchego em cima do capacho, que ainda tem o cheiro do primeiro gatinho, e adormeço.

CAPÍTULO QUARENTA E DOIS

A MULHER DA CASA ESTÁ LAVANDO cuidadosamente os três gatinhos com água morna, ajudada de perto pela menina, que lhe passa as toalhas e se preocupa com toda a operação. A gata-mãe aguarda, nervosa, na porta do banheiro.

São tão pequenos que as mãos de Katherine são suficientes para colocar todos eles na toalha, com a qual a menina se apressa a secá-los.

A pequena Olga não tira os brilhantes olhos azuis de cima dos gatinhos, que miam com vozes minúsculas, enquanto a gata tigrada espicha o pescoço para não perder nada do que acontece.

O homem também entra no banheiro.

— Mas papai, eu não entendo. Por que estes gatinhos estavam naquele buraco? Eles ainda estão com os olhos fechados!

O pai cruza os braços, em meio aos acontecimentos que acabaram com a calma daquela tarde agradável. Franze o cenho e olha para a filha por cima dos óculos. Está pensando no que dizer, enquanto seu olhar se dirige para a gata-mãe. É horrível dizer para uma menina de cinco anos, que adora os animais, que alguém não quis ficar com os gatinhos e decidiu se desfazer deles. Por fim, limita-se a explicar:

— Não sei como chegaram lá... mas o que ficou claro é que esse vira-lata é o verdadeiro herói dessa história, porque ajudou um bicho de uma espécie que nem é a dele. As pessoas deviam aprender com esse cachorro. Aliás, onde ele está?

O casal olha em direção à porta enquanto a menina se agacha junto à gata e seus três filhotes, que mamam ansiosamente.

— Posso ficar com eles, papai? — pergunta Olga.

O homem lava as mãos, consciente de que a filha está muito mais interessada nos gatinhos do que em qualquer coisa que ele possa lhe contar.

— Vamos ter que falar com a mamãe — ele se limita a dizer.

Enquanto a família felina dorme sobre uma toalha velha dentro de uma caixa de papelão, Olga toma as mãos da mãe, que larga no sofá o romance que estava lendo e ouve sua filha.

Jason, seu marido, foi abduzido por um jogo de basquete que passa na TV.

— Podemos ficar com eles, mamãe? — insiste a menina.

— Não podemos ter três gatos em casa, meu amor... Agora eles são pequenos, mas não vão demorar a crescer. Temos que pensar muito bem no que fazer.

— Eu quero ficar com eles — repete, teimosa. — Pelo menos um... ou dois, mamãe. Assim eles fazem companhia um ao outro.

Katherine sacode a cabeça e volta à leitura.

Naquele momento, anunciam o final do primeiro tempo do jogo de basquete. Jason se levanta pesadamente de sua poltrona e anuncia:

— Vou levar o lixo para fora.

Quando abre a porta, surpreende-se ao encontrar o cão-herói acomodado no capacho, bloqueando a passagem.

Ao vê-lo chegar, Roshi abre os olhos e se levanta, esperançoso, com a língua de fora.

Jason nunca teve um cachorro e não sabe quase nada sobre eles. Põe os óculos que estavam no bolso da camisa e dá uma boa olhada no cão, com barro seco nas patas e na parte inferior do peito.

— De onde você saiu, amigo? — pergunta, deixando o saco de lixo junto à porta, antes de entrar em casa outra vez.

Volta com uma tigela de água e uns restos de frango que encontrou na geladeira. O cão se atira sobre a comida e engole tudo como se não houvesse amanhã.

Quando Roshi esvazia a tigela, Katherine aparece com uma manta velha e manchada.

— Você pode dormir aqui — diz, acariciando a cabeça de Roshi.

Ao contrário do marido, ela teve muitos cães quando morava com os pais. Quando tinha a idade de Olga, eram seus melhores amigos. Sabe como cuidar deles.

Depois de jantar, a menina finalmente foi para a cama. O ritual de todas as noites foi um pouco diferente dos outros dias. Olga pede ao pai que explique a história dos gatinhos e como eles chegaram àquele buraco.

Jason inventa uma história em que uma gata tigrada precisa esconder seus gatinhos de um bruxo velho e malvado que quer matá-los por causa de sua beleza e inteligência. Para que ele não consiga encontrá-los, constrói para eles um esconderijo debaixo da terra, esperando tirá-los dali quando o bruxo desistir e for embora.

Enquanto isso, uma forte tempestade deixa o terreno todo enlameado. Quando a tempestade amaina e o bruxo parte para fazer o mal em outro lugar, a gata não consegue mais encontrar o lugar onde escondeu os filhotes.

Depois de procurar por eles desesperadamente, a gata pede ajuda a um cão dourado que é seu amigo. Com o radar de seu focinho, ele consegue encontrar o refúgio dos gatinhos e cava um buraco para que eles possam sair dali sãos e salvos.

— O corajoso campeão é quem consegue salvar os seus gatinhos, mas... Você sabe qual foi a coisa mais importante que a mamãe gata fez, querida?

Olga o ouve com os olhos brilhando. Não tem a menor ideia de qual foi a coisa mais importante que a mamãe gata fez, então balança a cabeça e se endireita na cama, cheia de curiosidade.

— A coisa mais corajosa que a mamãe gata fez foi pedir ajuda. Se não tivesse feito isso, não poderia ter salvado seus gatinhos. Olhe... — diz a ela, tirando da estante um livro de Charlie Mackesy que acabaram de comprar: *O menino, a toupeira, a raposa e o cavalo*. — Jason escolhe um trecho de que se lembra bem e o lê para a filha:

"'Quando você se sentiu mais forte?', perguntou o menino.

'Quando me atrevi a demonstrar minha fraqueza. Pedir ajuda não é se render', disse o cavalo. 'É negar-se a se render'."

— Mas... um cachorro fala a língua dos gatos? — pergunta Olga, lembrando do protagonista da aventura que viveram naquele dia. — Como foi que quis ajudá-los? Não vivem dizendo que gatos e cachorros são inimigos?

Naquele momento, Katherine adentra o quarto, depois de ouvir parte da conversa junto à porta.

— Nem sempre, Olga. Cada gato e cada cachorro são diferentes, assim como cada ser humano. E seu pai tem razão: a mamãe gata foi incrivelmente corajosa quando se aventurou a pedir ajuda a um cachorro. O amor pode te transformar num herói, como dizia um velho filósofo grego. E não é só difícil pedir ajuda, mais difícil ainda é pedi-la a desconhecidos.

Olga não fala nada. Acaba de adormecer com um sorriso nos lábios.

CAPÍTULO QUARENTA E TRÊS

A ENTRADA DESTA CASA NÃO É TÃO CONFORTÁVEL quanto a varanda da casa de minha amiga. O teto mal consegue me proteger do vento e do frio do outono, embora a manta ajude um pouco.

Esta noite está me parecendo muito longa.

Quando acordo, o sol já se levanta no horizonte e a mulher está do lado de fora da casa com a menina, conversando por cima de minha cabeça. Levanto o focinho para cumprimentá-las. A mãe dá umas batidinhas em minhas costas e as duas se afastam, ambas muito bem-vestidas.

E meu café da manhã?

Me alongo e decido segui-las.

Elas param a umas três esquinas da casa. Há outros humanos reunidos ali, grandes e pequenos. Me mantenho a uma distância prudente. Não quero chamar atenção.

Há uma família com um companheiro canino que vem me examinar. É uma fêmea parecida comigo, mas um pouco menor. Está em melhor forma que eu.

Ela se aproxima, brincalhona, mas logo se afasta. Devo estar com um cheiro horrível. Me deito para convidá-la a se aproximar. Ela me fareja a uma certa distância e late para me dar bom-dia. Depois vai embora.

Pouco depois chega um grande veículo amarelo e os humanos pequenos entram nele, enquanto os mais velhos acenam.

Quando o veículo some estrada afora, a mulher me descobre.

Concentrada na menina, até agora não tinha se dado conta de que eu as acompanhara.

— Você está com uma aparência horrível! Também está precisando de um banho e de um pouco de comida. Vamos...

A mamãe gata está sentada na entrada, com os gatinhos dormindo ao seu redor, e me dá as boas-vindas com um miado de felicidade.

— Esta casa parece um zoológico — diz a mulher, antes de desaparecer porta adentro. — Ainda bem que Jason saiu para fazer compras hoje de manhã.

Quando volta, está com duas tigelas nas mãos. Deixa uma delas diante da mamãe gata, que começa a mordiscar um patê com um cheiro delicioso. Para mim, deixa uma tigela maior, com umas bolinhas de ração.

Estou com tanta fome que comeria qualquer coisa, mas isso está delicioso. Quase me engasgo ao devorar as bolinhas crocantes.

Deixo o prato limpo e reluzente. Então a mulher chega e diz:

— Bem, cão-herói, está na hora do seu banho. Você pode se comportar direitinho, por favor?

Sua voz é ao mesmo tempo reconfortante e exigente. Não sei o que quer de mim, mas depois deste café da manhã dos campeões só posso fazer o que ela me pede.

Eu a sigo até o interior da casa, que é ampla e iluminada. Ela me conduz até um cômodo cheio de vapor, onde há uma banheira como a que Ingrid preparava para mim de vez em quando.

Depois de passar a noite inteira com frio, essa água quentinha me cai bem, então pulo na banheira, levantando uma onda que molha a mulher.

Primeiro ela parece se zangar, mas depois ri e fala comigo.

— Bom garoto... embora um pouco afobado.

Dito isso, começa a esfregar meu corpo com um creme que me enche de espuma. Cheira bem, mas fico parecendo uma daquelas nuvens que viajam pelo céu.

Sinto meus músculos relaxarem com o banho quente, enquanto os cheiros acumulados em minha longa aventura desaparecem, deixando a água escura.

A ducha é a parte mais divertida, assim como com Ingrid. Adoro sentir a água morna massagear minha cabeça e meu corpo.

Depois, ela esfrega meu corpo inteiro com um pano grosso. Dou uma ganida quando ela toca em minha virilha, que ainda está sensível.

— Você é um bom garoto, Merlin. Você gosta que eu o chame assim? Olga diz que você é um mago. Você se perdeu... ou é um cavaleiro andante?

Como resposta, espirro. Entrou água no meu nariz.

Parece que o banho me concede novos privilégios, já que a mulher não me devolve à entrada da casa, sacudida pelos ventos. Me leva até uma ampla garagem, onde, ao lado de um carro, agora está a caixa com a mamãe gata e seus filhotes. A mulher aponta para a manta que havia me dado ontem.

Este é meu novo lugar na casa, muito melhor do que lá fora, então me deito para dormir.

Acordo no final da tarde, quando o pai chega trazendo a menina. Ela exala o cheiro de leite mais doce que já senti na vida. Vem até onde estou, se senta ao meu lado e me acaricia todinho. Fico de barriga para cima e deixo que ela a esfregue. O pai volta em seguida com outra grande tigela de comida seca para cães.

Antes de enfiar o focinho até o fundo da tigela, dou uma lambida na cara da menina, que dá uma risadinha e me abraça. Estou feliz.

Fico aqui uns dias. A família felina já se foi: duas mulheres bondosas vieram buscá-los. Eu tinha me acostumado com eles, e no começo eu os procurava na garagem. Espero que tenham encontrado um lar.

Hoje veio uma pessoa com cheiro de médico. Conheço bem esse aroma. Me examinou de cima a baixo, como Jenny fez. Depois deixou um papel com a mulher e foi embora.

É bom ser cuidado por alguém, depois de tantos dias solitários andando por aí. E eu adoro que me deem de comer duas vezes por dia, sem que eu precise me preocupar com encher a barriga. Mesmo assim, chega o momento em que sinto que devo seguir meu caminho.

Vou sentir falta da menina, principalmente. Tomara que estes dias que passamos juntos animem seus pais a procurarem um companheiro de quatro patas para ela.

Obrigado por tanto carinho, penso no dia em que abandono a casa depois da refeição da manhã, aproveitando que a porta da garagem ficou aberta.

OS ENSINAMENTOS DE UM CÃO #4
– Notas para uma reportagem –

De sua breve passagem pela casa da família Mills, casal que administra uma imobiliária, eles lembram principalmente da insólita chegada de Roshi com um filhote de gato. Segundo Katherine, isso já indicava que se encontravam diante de um ser esplêndido.

Depois de vários dias de choro devido à partida de Roshi, que naquele novo lar era chamado de Merlin, a pequena Olga conseguiu fazer com que seus pais adotassem um simpático animal. O cãozinho havia ficado só, depois de sua dona ter sido transferida para uma casa de repouso na qual animais não eram permitidos.

Em nome dos três membros da família, Jason Mills resumiu assim as duas lições que Roshi lhes deixou:

1 – "FAÇA O BEM SEM OLHAR A QUEM", diz um provérbio popular, sem se importar com a procedência, o credo, a raça ou até mesmo a espécie. A ajuda entre seres vivos eleva as almas e o universo retribui em forma de amor.

2 – SABER PEDIR AJUDA ÀS VEZES É O MAIOR ATO DE CORAGEM. Tenha coragem de expressar o que você precisa a quem pode te ajudar, mesmo que se trate de um desconhecido.

CAPÍTULO QUARENTA E QUATRO

ENCONTRO MEU CAMINHO COM A AJUDA dos vagalumes do céu, que indicam o que os humanos chamam de Oeste.

Às vezes, não tenho outro remédio a não ser avançar por estradas cheias de carros perigosos, mas na primeira oportunidade me enfio nos bosques para prosseguir viagem. Entre árvores e animais silvestres me sinto mais seguro. O único problema é a comida.

Consegui caçar meu primeiro coelho. Não gosto de ouvir os gritos do animal antes de morrer, nem de sua carne crua, mas a fome se impõe. Encontrar água é muito mais fácil.

Nos dias seguintes, passo perto de alguns povoados, mas não adentro. Sinto nos ossos que o outono chegou e me preocupo com Ingrid. Me pergunto o que está fazendo sem mim.

Num fim de tarde vejo um fogo dançante ao longe. Me aproximo lenta e cuidadosamente de um casal acampado com um pequeno cão, que corre em minha direção ao me ver.

Nos cumprimentamos e, depois das farejadas de cortesia, faço-o saber que estou numa longa travessia. Girando sobre si mesmo, ele me convida a me unir à sua família. Não há perigo.

Aceito a oferta com a ajuda de meu estômago barulhento.

Meu novo companheiro tem as patas curtas e um pelo também curto, branco com manchas marrons e desiguais. A cabeça é meio preta. Um mestiço, com muito orgulho.

Me aproximo do casal de humanos, que parecem amistosos. Spotty — este é o nome do cãozinho — me anuncia com alguns latidos alegres.

São dois homens jovens, de barbas cerradas. Do fogo chega um maravilhoso cheiro de linguiça assada.

— Veja só quem chegou! — exclama um deles e estende a mão para que eu a cheire. — Ele me lembra o Abby. Não é parecido demais com ele? É estranho que não esteja mais conosco...

Spotty geme para indicar que perdeu há pouco seu amigo grandalhão e sente falta dele.

— Sente-se conosco, viajante — diz o outro jovem. — Está na hora de jantar.

CAPÍTULO QUARENTA E CINCO

ROE PERMANECE NA MESMA POSIÇÃO. Mal mexeu uma orelha quando Ingrid se agachou ao seu lado, nada além disso.

Passa um bom tempo até que, finalmente, a cadela se levanta e aproxima o nariz úmido do pescoço de Ingrid. Ela estende a mão e a acaricia. Um coração atormentado sempre reconhece outro coração atormentado.

Roe vai até a tigela de ração e come um pouco.

Um grande sorriso se desenha nos traços asiáticos do voluntário, com seus olhos cercados de vincos.

— Isso é formidável! — comemora ele. — Tentamos de tudo para fazê-la comer nestes últimos dias, mas foi impossível. Você fez alguma mágica...

— Que nada! Só me sentei ao lado dela sem forçá-la — diz Ingrid, surpresa.

— Talvez a sua companhia fosse tudo que ela precisava. Olhe só para ela! — A cadela fareja a tigela vazia. — Os cães também sofrem quando perdem alguém que amam... E se sentem melhor na companhia de quem não exige nada deles, assim como acontece com os humanos. Esse tipo de companhia é profundamente terapêutica. Não quer dar um passeio com Roe?

— Sim, por que não? Na verdade, eu adoraria caminhar.

— Vou com vocês. Deixei o resto do grupo meio abandonado. Aliás, meu nome é Kai.

Como se tivesse entendido a conversa, Roe se aproxima rapidamente, parecendo muito mais alegre do que antes. Kai coloca a coleira e, ao terminar, a oferece a Ingrid.

Quando os três caminhantes por fim se juntam ao resto do grupo, os outros cães ficam curiosos com Roe. Alguns querem brincar, e em algum momento isso se torna excessivo para ela, que tenta se esconder atrás das pernas de Ingrid.

Kai pede ao resto do grupo que comece a voltar, enquanto eles ficam para trás e retornam por um caminho mais tranquilo.

— Quando você ainda está mergulhado na dor, socializar pode ser bem sufocante — diz ele.

Ela assente e acrescenta:

— Por isso minha amiga me trouxe até aqui hoje sem me dizer para onde estava me levando. Eu não queria conhecer ninguém, porque ainda estou assimilando o fato de que perdi meu cachorro.

Kai a escuta com atenção. Olha para seus bonitos olhos escuros com genuíno interesse, mas não diz nada.

Ingrid aprecia muito o silêncio e a lentidão daquela conversa.

— Eu odeio quando todo mundo obriga a gente a se animar e não sentir o que está sentindo — acrescenta ela, caminhando no ritmo tranquilo de Roe. — Os conselhos de quem não passou pelo mesmo que você não ajudam. Prefiro ficar sozinha.

— Eu te entendo perfeitamente — diz Kai, em voz baixa. — Sou psicoterapeuta e também ofereço terapia canina para crianças que perderam um dos pais ou um irmão. O luto é uma iniciação aos mistérios mais profundos da vida, Ingrid, e às vezes é algo que chega cedo demais.

O passeio prossegue agradavelmente em torno de uma trilha ao pé de uma colina. Caminham ao lado de árvores frondosas, algumas de folhagem perene, outras que começam a se iluminar com as coloridas folhas do outono. É uma linda e ensolarada manhã de fim de setembro e, por alguns instantes, tudo parece perfeito.

Até Ingrid começar a pensar em Roshi.

— Quando meu marido morreu, há pouco mais de três anos, fiquei destruída. Não tínhamos filhos. Ele era meu companheiro, meu amigo, meu sócio. Depois da morte dele, a única coisa que me mantinha em pé era ir até a montanha e caminhar, mas na maior parte do tempo eu estava profundamente deprimida e não conseguia sair de casa. Até que, alguns meses depois, meu último gato morreu, e num sábado minha boa amiga veio até aqui. É a Miriam, a que foi escolhida pelos chihuahuas dançarinos, sabe? — Com um sorriso, Kai demonstra que a conhece. — Naquele mesmo dia apareceu em casa com um filhote de golden retriever. Primeiro fiquei brava, mas, ao segurar o cãozinho nas mãos, meu coração amoleceu.

O voluntário assente com a cabeça. Sabe bem o que é isso.

— Era o cão mais fofo que eu já tinha visto! — prossegue Ingrid. — Gerard não gostava muito de cães... Enfim, Roshi foi o melhor companheiro, terapeuta e amigo que eu podia encontrar para retomar o caminho de volta à vida. E agora... — engole em seco e faz uma pausa para respirar profundamente — ... ele também se foi. Se perdeu quando fui visitar meu irmão em Williamsburg no verão.

Ela não olha para Kai ao terminar de falar, mas para as explorações de Roe em meio aos arbustos.

— Sinto muito, Ingrid — responde ele, por fim.

Não consegue dizer mais nada. Sabe que, em casos assim, as palavras são inadequadas.

Só pode oferecer o que ela deu a Roe: sua companhia silenciosa.

Enquanto retornam ao canil, Ingrid conta para Kai que uma jovem veterinária ligou para ela para contar uma história. Isso a fez saber que Roshi possivelmente está tentando encontrar o caminho de volta para ela, embora não confie muito nisso, porque... bem, porque a distância é enorme, e ele é apenas um cachorro.

Kai explica a Ingrid que os cães são excelentes rastreadores, inclusive quando não há uma trilha visível. Depois a abraça para se despedirem, já que agora precisa atender os outros. Propõe que os visite novamente na quarta-feira ou no próximo sábado, se quiser voltar a passear com a cadela.

Miriam se une a Roe e a Ingrid com a dupla de chihuahuas, que parecem cansados depois do passeio. Ficou claro que suas patas fininhas não foram projetadas para percorrer longos trajetos.

— Hoje estes bebês caminharam como heróis! — Miriam anuncia, com orgulho. — E você? Parece que arranjou uma boa companhia! — Ela pisca um olho para a amiga. — Sobre o que você conversou com esse cavalheiro fascinante?

Ingrid dá uma risada alegre e pura, que Miriam não escutava desde o sumiço de Roshi.

— Vamos tirar as coleiras destes cachorrinhos encantadores, Miriam. Aí vamos comer alguma coisa e eu te conto tudo. Estou morrendo de fome!

Depois de se despedir de Roe e dos chihuahuas, as duas amigas entram no carro e se dirigem a um restaurante de tacos.

Ingrid sorri. Talvez a vida queira que ela siga em frente. Hoje, pelo menos, sente que seu coração está mais leve.

CAPÍTULO QUARENTA E SEIS

ME DEITO PERTO DO FOGO AO LADO de Spotty enquanto os humanos conversam animados. Há um frescor neste casal de jovens barbudos, um aroma genuíno e reconfortante. É seguro ficar perto deles, sei disso desde que cheguei, por isso deixei que coçassem minha barriga depois do jantar.

Após apagar o fogo com cuidado, eles nos convidam a entrar na van para dormir ao lado da cama. Spotty se aconchega ao meu lado. Sente falta de Abby, seu velho e maravilhoso companheiro, que andava sempre junto com eles.

No dia seguinte, depois de uma deliciosa refeição matinal — após dias passando fome, qualquer refeição matinal é deliciosa —, Emilio e Rob recolhem suas coisas e assobiam para nós entrarmos com eles na parte da frente do veículo.

A van é alta, e fico surpreso por ver tanta coisa ali de cima. Cabemos bem os quatro, principalmente porque Spotty não ocupa muito espaço.

Rob se senta ao lado de Emilio, que está ao volante, e nós dois no espaço restante junto à janela direita.

Começam a me chamar de Benny, e nem tento fazê-los entender que tenho outro nome. Tampouco vou ficar muito tempo com eles.

Me preocupa a direção que estamos tomando. Empreguei tanto tempo e esforço em procurar Ingrid que temo perder seu rastro.

Algumas horas mais tarde, paramos numa área de piquenique e descemos para nos mexer um pouco e fazer nossas necessidades, o que é ótimo porque me permite farejar e checar minha bússola interna.

Para consultá-la, planto as patas na terra nua e permaneço quieto por alguns segundos. Giro lentamente para captar as nuances da brisa. Quando estou concentrado e penso em Ingrid, meu focinho aponta para a direção certa, o que me provoca um calor na barriga.

Enquanto Spotty brinca com Rob e Emilio, dou uma voltinha e confirmo, felizmente, que avançamos na direção desejada. Meu entusiasmo é tão grande que preciso compartilhá-lo com eles. Corro até os humanos e ponho as patas cheias de barro nas camisetas brancas deles para dar uma tremenda lambida em suas caras.

Os dois riem, satisfeitos.

Percorremos um longo caminho para voltar à casa de Spotty. Passamos o dia inteiro no carro, fazendo paradas curtas regularmente e uma mais longa perto do meio-dia. Às vezes, quando a janela está aberta, ponho a cabeça para fora. O vento bate na minha língua e me deixa ofegante. É tão divertido! Andamos muito rápido, o que me assusta.

Meu pequeno amigo apoia a cabeça em minhas costas. Adormecemos assim e, pelas pálpebras quase fechadas, vejo Rob gesticulando em nossa direção e falando com Emilio com uma voz suave, porém alegre.

Algo dentro de mim fica tenso quando ele abaixa a mão e acaricia primeiro a cabeça de Spotty e, depois, a minha.

Nos dias seguintes, Spotty me leva para conhecer seu reino. O grande jardim da casa tem o toque e o odor do amor compartilhado. Consigo até detectar o rastro das velhas patas de Abby. Seus brinquedos continuam num canto da sala, como se esperassem inutilmente a volta do dono.

Com o passar dos dias, me dou conta de que o amor é perigoso, porque cria dependência. Estes humanos parecem tão felizes com a ampliação da família... Sou a alma da festa, o convidado de Spotty que veio para atenuar a perda de um velho amigo.

O serviço aqui é impecável. Eles nos servem carne enlatada duas vezes por dia e, além disso, há comida seca a toda hora. Tenho minha própria cama na sala — pelo cheiro, devia ser de Abby — e posso correr e brincar livremente no jardim.

Estou no paraíso. Isso me faz recuperar a barriga que havia perdido em minha longa marcha, mesmo que nós quatro saiamos para passear de manhã e de tarde. À noite, descansamos todos juntos no grande sofá, enquanto os humanos ficam assistindo ao aparelho barulhento que chamam de televisão.

Passaram-se várias semanas desde que cheguei aqui. Por isso, quando Rob e Emilio trazem o primeiro bicho de pelúcia só para mim, me dou conta, com tristeza, de que devo partir.

Preciso encontrar Ingrid. Ela é minha verdadeira família, embora aqui eu tenha recebido todo o amor do mundo.

Quando Rob vem me trazer de novo a pelúcia, me sinto tão constrangido que começo a gemer e enfio o nariz sob as patas, tentando me esconder. Eles riem docemente da reação, que não conseguem entender de verdade.

E o boneco de pelúcia não é a única surpresa... Como Emilio sabe costurar, teceu em minha almofada favorita as letras que formam a palavra BENNY.

Esta será minha fuga mais triste, porque sei que gostam de mim e sentem falta de Abby. Minha partida será um novo golpe. Mas meu interior está firme e faz cada vez mais frio. Se eu não partir logo, as primeiras neves vão chegar sem que eu tenha alcançado meu destino.

CAPÍTULO QUARENTA E SETE

— DUKE! QUIETO! SENTADO! — grita um homem corpulento para um pastor-alemão de lindos pelos longos e olhos escuros e cintilantes.

O nobre animal obedece, embora seu corpo inteiro esteja tenso. Ele quer entrar no depósito, onde os cheiros são muito atrativos. É assim quase todos os dias e ele normalmente consegue se conter, mas hoje, por Deus!, o lugar cheira a algo bom demais.

Do interior do depósito surge uma mulher pequena, com um longo cabelo preto, que fica na ponta dos pés para beijar o rosto do marido. Ela fecha o zíper da jaqueta corta-vento e coça a cabeça de Duke bem atrás de suas atentas orelhas.

— Bom garoto... Sua missão é deixar de fora todos que queiram se aventurar a entrar. Não saia da porta — ordena ela. — Daqui a pouco estaremos de volta.

Duke choraminga um pouco, mas aceita seu papel de guardião do depósito que cheira como a cozinha do paraíso.

Isabela e Noah desaparecem com a van que utilizam para fazer as entregas. Precisam atender alguns pedidos menores antes de embalar um pedido grande e transportá-lo amanhã cedo.

Há quatro anos começaram o negócio de refeições para grupos e as coisas andam bastante bem, embora sempre pudessem ser melhores. Há uma semana receberam o pagamento adiantado por uma encomenda de trezentos e cinquenta croquetes a serem servidos numa convenção de advogados da região. Depois de longas horas de cuidadosa preparação, farão a entrega da suculenta mercadoria no dia seguinte.

Através da porta do depósito, chega até Duke o aroma muito apetitoso do melhor presunto espanhol, elaborado a partir de suínos de pata negra que se alimentam exclusivamente de nozes. Com esta delícia, mais a receita secreta de Isabela para o molho bechamel, elaboraram croquetes divinos.

O cão olha, valente, para a maçaneta da porta, se perguntando se seria capaz de abri-la com um pulo.

CAPÍTULO QUARENTA E OITO

COM A REFEIÇÃO MATINAL AINDA NA BARRIGA, uma refeição que se tornou amarga apesar de ter sido muito boa, retomo meu caminho. Demoro algum tempo para recuperar a força de vontade e começar a correr energicamente. O cheiro de grama e de terra úmida embriagam meu nariz. Adoro a liberdade de seguir numa só direção. Meus músculos voltaram a ser fortes e confiáveis, e o descanso junto a Spotty e sua família me restaurou... Agora sei reconhecer os sinais de que preciso de um breve descanso ou quando é necessário parar o resto do dia para continuar no seguinte.

Ao passar por qualquer aglomeração humana, seja um rancho no meio do nada, um povoado ou algo maior, sempre vou em busca das latas de lixo. Nem sempre acho algo saboroso nelas, mas às vezes dá para encontrar verdadeiras iguarias.

Cada vez entendo mais os vira-latas para os quais eu latia estrondosamente ao passear com Ingrid. Sinto pena deles. É uma vida tão dura...

Numa encruzilhada, um cheiro muito saboroso faz cócegas no meu focinho. O vento que o transporta se dissipa rapidamente, mas já estou com fome de novo, então decido seguir essa pista.

Depois de passar por vários prédios grandes, dos quais entram e saem carros o tempo todo, chego a um pequeno depósito. As paredes brilhantes refletem a luz do sol.

Do outro lado da porta entreaberta, farejo a presença de um cão agressivo, talvez um pastor-alemão. Sei que os cachorros desse tipo são muito perigosos, mas não consigo deixar de me aproximar. Sim, o cheiro de comida vem lá de dentro, mas não vou me arriscar a entrar.

Com o rabo entre as pernas, me afasto da porta, sem querer renunciar à fonte de comida.

Paro entre dois caminhões, esperando uma oportunidade. Talvez em algum momento o cão de guarda saia do depósito e, se a porta continuar aberta, poderei entrar lá e me banquetear.

Passo muito tempo escondido entre os caminhões estacionados, como uma fera à espreita. Mas não é um animal silvestre o que quero caçar, e sim o que quer que esteja naquele depósito.

À distância, sigo farejando o rastro do cão de guarda, mas seu cheiro mudou. Já não é agressivo, agora tem notas suaves e pesadas, como de feras dormindo.

Eis minha oportunidade.

As grandes recompensas são para aqueles que têm coragem, então atravesso a rua disposto a entrar na casa das delícias.

Com o focinho, empurro a porta entreaberta e entro no depósito furtivamente. Sinto a presença do cão de guarda cada vez mais perto, mas não consigo vê-lo. Atravesso um corredor e chego a um espaço amplo no qual o aroma se torna insuportavelmente maravilhoso.

Salivo sem parar.

Vejo numerosas mesas altas de cozinha, algumas caídas.

No chão, perto das mesas, encontro umas bolinhas longas que cheiram a comida.

Acabo de encontrar a fonte do cheiro!

Esqueço do cão de guarda, pego uma das bolinhas com os incisivos e engulo. Seu sabor intenso se espalha na boca. Está boa demais! É crocante por fora e macia por dentro, com lascas de uma carne deliciosa.

Engulo outras guloseimas e de repente escuto um lamento não muito longe de onde estou. É alguma coisa entre um arroto gigante e um grunhido... E não cheira bem.

Abandono o banquete para ver o que está acontecendo.

Atrás de uma das mesas caídas, descubro um pastor-alemão, o guardião do depósito. Intuo que não há perigo para mim, já que ele está deitado e imóvel. Sua barriga inchada palpita muito rápido. Ao seu redor, dezenas de bolinhas como as que eu acabei de comer, algumas já mordidas.

Me aproximo dele com cautela e, como ele não se mexe, chego mais perto e o farejo. Está com a língua de fora, de sua boca sai uma espuma e os olhos estão nublados.

Ele emite um gemido fininho. Precisa de ajuda.

Se eu não fizer algo imediatamente, ele vai morrer.

Engulo algumas outras coisas para reunir energia e saio disparado rumo à saída. Uma vez fora do depósito, começo a latir com todas as forças. Armo um verdadeiro escândalo até que dois homens de um prédio próximo chegam para ver o que está acontecendo.

Eu os recebo com um último latido e me ergo sobre as patas traseiras, empurrando a porta com todo o meu peso para mostrar que precisam ir por ali.

CAPÍTULO QUARENTA E NOVE

FAZ ALGUM TEMPO QUE ESTÃO DIRIGINDO sob um silêncio que não é comum para eles. Nem mesmo Spotty interage dentro da velha van. Está taciturno, deitado num canto do banco dianteiro que agora parece grande demais.

Estão quase chegando à convenção de advogados do condado quando Emilio suspira e diz:

— Acho que Benny nos deixou para se reunir à família dele. Não devemos ficar tristes por isso. Foi bom enquanto durou.

Dá uma palmadinha nas costas de Spotty, que solta um gemido choroso. Em seguida, retoma a conversa com Rob, que o escuta e ao mesmo tempo presta atenção no trajeto que devem fazer para chegar ao lugar da convenção.

— Quando Spotty o encontrou, Benny estava limpo, mas com muita fome. Durante todas essas semanas, não consegui parar de pensar no quanto somos sortudos por termos topado com um cão tão bem-educado... Isso não entrava na minha cabeça.

— Eu também pensei nisso, Emilio... Ele não se comportava como os cães de rua. Deve ter se perdido e está procurando o caminho de casa.

— Deve ser isso — conclui o outro, com um sorriso triste. — Se não fosse isso, acha que ele teria nos deixado? A nós e a Spotty?

Rob balança a cabeça e acrescenta:

— Agora estou me lembrando, querido, que Benny estava muito tenso quando pegamos o caminho de volta para casa. Acho que estava com medo de perder o rumo.

— Deve ser isso — concorda Emilio. — Espero que encontre o caminho de casa... Lembro de ter lido um livro de Rupert Sheldrake, doutor em bioquímica, que pesquisa como os cães, os gatos e outros animais, sem qualquer sinal perceptível, conseguem saber quando os donos vão voltar para casa. Também contava algumas histórias de cavalos e cães que encontravam o caminho do lar mesmo que tivessem sido deixados a uma grande distância.

— Ah, sim... Você me falou desse livro quando tínhamos apenas Abby... Talvez devêssemos procurar um companheiro para Spotty, não acha? Claro que vamos dar um nome terminado em Y.

— Com certeza! — Emilio ri, acariciando a cabeça do cãozinho deprimido. — Você concorda com essa ideia?

Spotty não responde. Precisará de mais alguns dias para lidar com o luto.

— Bem, chegamos — anuncia Rob, freando o carro.

Na mansão alugada para o encontro dos advogados do condado há uma agitação incomum. A organizadora do evento, uma advogada veterana, está gritando ao telefone, enquanto se formam grupinhos ao redor dela. Alguns riem.

— Que diabos está acontecendo? — pergunta Rob ao marido. — A verdade é que tenho uma preguiça cada vez maior desse tipo de coisa.

— Para mim...

Eles não vão demorar a saber, já que um jovem calvo, de longas costeletas e barba, detém os dois, animado. Ele é o fofoqueiro de plantão no pequeno mundo dos advogados locais.

— A Ferguson está histérica. Viram como ela está gritando?

— Sim... — murmura Rob, entediado. — O que aconteceu?

— Parece que vai ter de encomendar os lanchinhos na Pizza Hut. Um cachorro devorou trezentos croquetes da empresa que contratamos.

— Trezentos croquetes? — repete Emilio, assustado; existe uma possibilidade de que tenha sido Benny. — E o que aconteceu com o cachorro?

— Não bateu as botas por um milagre — explica o fofoqueiro. — Um vira-lata o encontrou dentro do depósito e latiu para dar o alerta. Graças a isso, conseguiram levá-lo a uma clínica veterinária. Depois de vomitar, está fora de perigo.

Rob e Emilio se entreolham, aliviados. Depois, olham para Spotty, que tem permissão para assistir ao evento e parece ter acompanhado a conversa. Em silêncio, os três se dizem: "Esse é o nosso garoto!".

OS ENSINAMENTOS DE UM CÃO #5
– Notas para uma reportagem –

A próxima etapa de que temos conhecimento levou Roshi a conviver, perto de Prestonsburg, Kentucky, com um casal de advogados e Spotty, um cão mestiço muito amistoso.

Rob e Emilio, de 32 e 34 anos, respectivamente, não informaram outros dados pessoais para preservar sua intimidade, mas relataram duas lições que aprenderam com Roshi antes de ele desaparecer, numa manhã do final de setembro.

Foram elas:

1 – TUDO É PROVISÓRIO (como a própria vida). A tristeza não dura para sempre, assim como a alegria. Somos aves migratórias. Isso os levou à seguinte conclusão:

2 – É PRECISO DESFRUTAR O AGORA (pode não haver um depois). Robert Brault, autor de um livro de citações que o jovem casal tem em sua casa, expressa isso da seguinte maneira: "Se não se pode adiar a dor, por que deveríamos adiar a felicidade?".

CAPÍTULO CINQUENTA

INGRID SURPREENDE A SI MESMA DIRIGINDO até a granja-refúgio na quarta-feira de manhã. Não encontra Kai, mas conhece Dolores, uma mulher de meia-idade, com um cabelo encaracolado e volumoso, muito grande e entusiasmada, que dirige a Humane Society durante a semana, com a ajuda de outras pessoas.

Ficam sempre felizes ao receber voluntários. O refúgio está funcionando a pleno vapor, e os passeadores de cães são muito bem-vindos.

Dolores informa que Ingrid pode levar qualquer cachorro para passear, inclusive vários ao mesmo tempo, se quiser, mas ela pega somente uma coleira e o peitoral de Roe.

Quando se aproxima do canil, os cães latem, cumprimentando-a: alguns abanam o rabo, outros correm, brincalhões, dentro de seus cubículos.

Ela mantém o olhar fixo nas botas de trilha, de cor violeta-escuro desbotada. Um dos pés ainda tem a marca dos dentes de Roshi, de quando ele os mordiscava para incentivá-la a sair. Aquilo fazia parte das pequenas alegrias da vida de uma aposentada.

Ao chegar ao cubículo de Roe, Ingrid a encontra deitada no mesmo canto de sábado. Desta vez, no entanto, o focinho branco aponta para fora, em direção a ela.

Roe a reconheceu.

Ingrid a chama pelo nome, com delicadeza, e abre a porta. Por alguns segundos, nada acontece, mas Roe não demora a levantar a cabeça. Balança um pouco o rabo e se ergue.

Como boa conhecedora de cães tímidos, a visitante mostra o peitoral para que ela o cheire e estende a mão. Isso anima Roe, que leva o nariz aos quadris de Ingrid.

O passeio que fazem juntas é muito agradável. Roe anda devagar e fareja meticulosamente cada canto e cada planta. Ingrid não fica impaciente. Não precisa chegar a lugar nenhum e tem tempo de sobra.

Seus pensamentos se voltam de vez em quando para Roshi. Ela se dá conta de que Roe é muito diferente. E daí? Decide parar de pensar nele por algum tempo e dedicar toda a atenção a Roe. Foi para isso que veio.

"Você só pode mudar partindo de onde está", dizia sua professora de ioga. "Comece pelo básico. Sinta o poder dentro de si e arrume a postura. Pronto! Muito bem."

O básico agora é fazer alguns planos para si mesma, por menores que sejam. Um passinho por dia, assim como Roe caminha devagar, trêmula, mas desfrutando o caminho.

A lentidão ajuda Ingrid a elaborar uma lista mental do que quer fazer, o que por si só já é um sucesso, se comparado ao buraco negro dos últimos meses:

- Ligar para as amigas para que retomem as partidas de bridge. Sente falta de rir com elas!
- Retomar as aulas de ioga com Rosie. Talvez ir com ela para algum retiro.
- Passear com Roe às quartas e aos sábados. Embora não pense em adotá-la, gosta de sua companhia, e parece que Roe também gosta dela.
- Ir ao cinema com Miriam. Faz muito tempo que não saem... e já se entediou de tanto ver televisão.

- Ser útil a alguém a quem possa ajudar a se sentir melhor. Roe é um bom começo.

No dia seguinte, programa partidas de bridge para o resto do mês. As amigas do clube ficaram encantadas. Mal a viram desde a doença de Gerard, uma verdadeira pena, já que Ingrid tinha sido campeã regional.

Também passa no estúdio de ioga de Rosie e se matricula numa oficina de algo chamado TRE.[1]

Miriam adorou saber tudo o que a amiga está fazendo além de passear com Roe duas vezes por semana. Quer organizar algo digno de uma noite só de garotas.

— E se fôssemos dançar? Nunca fizemos isso porque nos conhecemos quando você já estava com Gerard... Nunca tivemos uma verdadeira noite só das meninas. Já está mais do que na hora! — diz Miriam, convincente.

Ingrid não pode deixar de rir.

— Vou pensar no assunto... Mas vamos começar com um filmezinho, pode ser?

---

1 *Trauma Releasing Exercises*, técnica utilizada para o alívio do estresse e da tensão corporal. [N.T.]

Agora, quando Ingrid se olha no espelho de manhã, vê uma nova faísca no olhar. As curvas suaves dos olhos e as rugas em volta da boca estão mais relaxadas.

De repente, começa a se importar com a própria aparência. Sente que algo está mudando dentro de si, embora não seja capaz de saber o quê, de fato.

Leva a pergunta para a aula de ioga, que inclui uma longa meditação. Ainda não consegue obter uma explicação.

No fim da semana, tem mais perguntas do que respostas, embora isso não seja uma coisa necessariamente ruim.

CAPÍTULO CINQUENTA E UM

FICO FELIZ DE SABER QUE DUKE ESTÁ FORA DE PERIGO. Fiquei perto do depósito enquanto o levavam para a clínica, e não apenas porque lá dentro estava cheio de gostosuras...

Seus donos me consideram o salvador do cão guloso. Como recompensa, me deram comida seca, além de uma tigela com água, enquanto o cão de guarda descansa na clínica veterinária.

Quando Duke volta ao depósito que deveria vigiar, abaixa a cabeça, envergonhado. Em seguida, seus donos nos fazem entrar na parte de trás de um veículo e saímos dali.

Uma vez na casa, que fica perto do depósito de guloseimas, posso sentir que realmente gostam de Duke, apesar de suas cachorradas. E também de mim, por ter salvado seu garoto.

É uma moradia rústica, que cheira a madeira nova para todo lado. Um bom lugar para uma alma em trânsito.

Nos dias seguintes, acabo conhecendo a família. Noah é grandalhão, mas tem um bom coração. Não gosta de ficar bravo, então já perdoou o cão de guarda pelo banquete. Sua companheira, Isa, está com uma barriga cada vez maior. Adoro ficar perto dela e apoiar o focinho em seu ventre.

Duke, por sua vez, se transformou em minha sombra e me segue para tudo quanto é lado. Acho que o incidente do depósito nos tornou inseparáveis.

Sou o herói desta família, já que estão sempre cuidando de mim. E eu deixo que gostem de mim, mas não muito. Sei que meu lugar é na estrada.

Amanhã é o dia.

Já recuperei as forças, e minhas patas querem voltar a andar.

OS ENSINAMENTOS DE UM CÃO #6
– Notas para uma reportagem –

Ocupados demais com seu negócio de cozinhar para fora, Isa e Noah não puderam contribuir com grandes novidades a respeito da sabedoria de Roshi.

O casal de Kentucky, que estava à espera do primeiro filho para dali a três meses, contou com detalhes a extravagante façanha de Duke, que quase morreu depois de comer trezentos croquetes. A providencial intervenção de Roshi concedeu a ele uma vida extra.

Como recompensa, Roshi foi tratado como um rei durante os dias em que se deixou cuidar, antes de desaparecer como um fantasma. E estas são as duas lições que deixou:

1 – NÃO DEMORE A AJUDAR. Quando um companheiro está em apuros, é preciso agir o quanto antes. Como diz um velho ditado budista: "A ajuda que chega tarde não é ajuda".

2 – TENHA A GENEROSIDADE DE RECEBER. Muitas pessoas estão dispostas a dar, mas muitas mais têm dificuldade em receber. Às vezes, o maior favor que se pode fazer a um amigo agradecido é permitir que ele te presenteie com uma gentileza ou com cuidados.

CAPÍTULO CINQUENTA E DOIS

VOLTAR À ESTRADA SIGNIFICA ENCONTRAR A DIREÇÃO CERTA. Como meu nariz está funcionando muito bem depois desses dias de descanso, não hesito na hora de escolher qual caminho tomar.

Sinto uma urgência cada vez maior de me juntar a Ingrid, então corro o máximo que posso. Quando canso, diminuo o passo, e de vez em quando paro para tomar água ou atacar umas latas de lixo.

O tempo está mudando. O frio aumenta a cada noite que passa, então tento dormir durante o dia, quando faz mais calor, e caminhar à noite. Também é mais fácil caçar roedores ou rãs quando está escuro.

Depois de vários dias atravessando campos dourados, encontro um rebanho de vacas num terreno enorme. Esbarro nelas quase de noite, e seu cão de guarda corre em minha direção com a intenção de me fazer em pedaços.

Felizmente é uma cadela e, pelo modo como me fareja, parece que eu a agrado. Ela é inteiramente preta, exceto por uma mancha branca no focinho, um medalhão branco no peito e botas da mesma cor.

Também gosto dela. Seu cheiro me atrai, sobretudo em torno do traseiro, mas estou faminto demais para pensar em qualquer coisa que não seja comida.

Ainda não vi nenhum companheiro humano perto dela. Devem deixá-la aqui sozinha muito tempo, cuidando desses animais enormes e lentos.

Quando a noite cai, perco de vista minha nova amiga, mas me acomodo ao lado de uma vaca ruminando. É quentinho.

A cadela retorna com um grande osso e o deixa cair à minha frente. Onde o conseguiu? Isso é que é generosidade!

Quando termino de comer, ela me ensina a mamar no úbere de uma das vacas para conseguir leite, o que acho maravilhoso.

Depois me fareja, lambe meu focinho e vai dormir em outro canto, e acho isso bom. Fico perto do calor das vacas.

Antes de amanhecer, já me encontro de novo a caminho. Desta vez parece ser o verdadeiro caminho na direção de Ingrid, tenho certeza disso.

Chego aos arredores de um povoado e derrubo várias latas de lixo sem qualquer resto de comida, enquanto faço o possível para evitar os humanos que circulam por ali. No entanto, não quero sair de mãos vazias.

Uma profusão de cheiros me revela a existência de um mercado, onde consigo roubar, de um veículo aberto, uma boa porção de carne, sem que ninguém perceba. Pelo menos é a impressão que tenho.

Fujo apressado por um labirinto de ruelas até parar para comer meu troféu num quintal escuro entre várias casas.

Estou tão entusiasmado que não me dou conta de que fui cercado por um bando de gatos. Quando levanto a cabeça, finalmente os vejo: magros e imundos, eles roncam de fome. O círculo começa a se fechar, entre miados selvagens e grunhidos.

Só consegui comer metade da carne, mas trato de fugir. São muitos contra um e, embora eu pudesse dar uma surra em vários deles, não vale a pena correr riscos. Preciso estar inteiro para seguir viagem.

Pressinto quando atacarão, então calculo minha retirada, e os gatos observam, ansiosos, eu me afastar da carne.

Saio em silêncio, com o rabo entre as pernas.

Ao chegar a uma praça, saio correndo até um campo aberto, já longe da aldeia dos gatos.

CAPÍTULO CINQUENTA E TRÊS

SEMPRE QUE PERCO A ORIENTAÇÃO, paro para farejar ao meu redor. Alguns indícios dizem que vou por um bom caminho, enquanto outros me confundem. À noite, as estrelas vêm me ajudar.

Enquanto espero os vagalumes do céu chegarem, penso em Ingrid.

Na primeira vez que a cheirei, havia nela um aroma cremoso, como cheiro de lar, misturado com o cheiro pungente da tristeza. Assim que a conheci quis ficar com ela, aconchegado, para sempre. Tive sorte, já que não apenas eu a escolhi, mas ela também me escolheu.

Durante o tempo que passamos juntos, aquele cheiro acre acabou desaparecendo.

Me dói pensar em tudo isso, então uivo para o céu cinza-azulado que pisca através da copa das árvores.

Retomo o caminho, e minha barriga pede mais comida. Parece que, com o frio, até mesmo os animais menores se esconderam em seus ninhos.

Nas noites iluminadas pela lua, corro mais e durante mais tempo. À medida que passam os dias, toda a gordura acumulada desaparece sob minha pele.

Com as primeiras geadas, sinto o corpo inteiro doer. Ao dormir, sonho com lindas tigelas de comida.

Ao amanhecer ou de madrugada, às vezes encontro outros animais: um ou outro cervo, um lince, lebres e raposas... Por vezes consigo caçar algum rato-do-campo, ou, quando estou com muita sorte, até mesmo um coelho. As lebres são rápidas demais e não se deixam apanhar.

Se encontro uma casa ou um depósito abandonado, durmo ali, onde não costuma ter nada interessante. Nunca mais voltei a encontrar um paraíso de sabores como o de Duke.

Desde a primeira noite, quando fui atacado por aquele bando de cães, não tive mais problemas com nenhum outro cachorro. Ao passar perto de alguns povoados, sempre há um ou outro cão muito antipático que me expulsa de seu território. Felizmente, a maioria deles está presa dentro de seu reino por uma corda ou corrente.

Tenho pena deles e me afasto o mais rápido possível.

De vez em quando, cruzo com cães amistosos que me ajudam a encontrar comida e querem que eu fique com eles, mas eu sigo meu caminho. Eles entendem e não tentam me segurar. Somos cães e sabemos desfrutar da efemeridade da vida.

Quando estou triste ou cansado, só consigo me animar com as estrelas que Tobías me mostrava enquanto fumava sentado num tronco de árvore.

Pisco ao seguir com o olhar os três pontos quase verticais e algumas faíscas ao seu redor. Também sinto falta de Tobías.

Quão grande é o coração de um cão? Bebo um pouco de água de um rio quase seco.

Sento-me outra vez e escuto minha bússola interior. Viro o focinho em direção ao Oeste. Decido continuar um pouco mais, enquanto as luzes distantes do céu me guiam.

De madrugada, farejo um povoado ou cidade. Chega até mim o cheiro de feno dos currais e o habitual odor amargo e fétido das latas de lixo.

Um fedor especialmente forte e desagradável faz com que eu me detenha.

Alguns passos mais adiante, encontro um humano caído numa vala. Está vestido, mas sua roupa fede, assim como sua boca. Ele todo exala um cheiro que me repele.

O corpo ainda está quente no meio da noite gelada. Preciso fazer alguma coisa.

Um vento frio se levanta e penetra até os ossos. Sem saber como agir, decido me deitar ao lado do homem, para mantê-lo aquecido. Talvez assim ele continue vivo. Mas deixo meu focinho longe dele, pois cheira mal demais.

CAPÍTULO CINQUENTA E QUATRO

A ALMOFADA DE MEDITAÇÃO PARECE FIRME e alta demais. Seus joelhos doem, talvez para acompanhar a dor da pobre coluna.

Ingrid não se move, prometeu firmemente a si mesma que vai ser uma boa aluna. Por isso se inscreveu nesse retiro de meditação... e o fim de semana nem começou!

Felizmente, Rosie faz soar o sino de som etéreo, o que significa que os primeiros quinze minutos de meditação chegaram ao fim.

Ingrid por fim estica as pernas e joga a coluna para trás para combater a rigidez.

Rosie limpa a garganta e dirige um sorriso de cem watts à sala, antes de dizer:

— Bem-vindos, todos e todas! Fico muito feliz por estarem aqui!

Ingrid sente a disposição vacilar. Há duas semanas isso tudo parecia genial, mas agora... Que diabos ela está fazendo aqui? Não devia estar em casa, esperando Roshi aparecer milagrosamente?

Conforme o retiro avança, no entanto, descobre que não está sozinha com suas perdas. A maior parte dos participantes tem feridas para curar. Alguns, inclusive, se atrevem a compartilhá-las durante os intervalos.

Ingrid desfruta especialmente da hora de comer. Depois de longas e dolorosas sessões de meditação silenciosa, é uma bênção poder falar sobre qualquer coisa à mesa. E o melhor de tudo é que pode permanecer calada, se quiser. Ela não gosta de conversas triviais e ainda não encontrou as palavras para expressar o que sente.

O bom deste lugar é que ninguém é estranho. Ou talvez todos sejam um pouco estranhos, o que lhes permite simplesmente *ser*, sem juízo de valor algum.

As noites parecem longas porque a cama é muito desconfortável, embora a culpa não seja inteiramente do leito duro: a verdade é que ela nunca dormiu bem.

De manhã, é hora da ioga.

Quando ela acha que já não aguenta mais, uma mulher chamada Ginger, que tem problemas de flexibilidade, lhe passa um papel dobrado. Sem entender, espera que os olhos da instrutora de ioga saiam de cima dos seus para desdobrar discretamente a mensagem.

Ingrid arregala os olhos ao ler o seguinte:

INGREDIENTES DE UM RETIRO

dor de estômago	dor nos joelhos	insônia
arrotos	coluna vertebral triturada	torpor durante a meditação
pesadelos	choro	ataque de riso
prisão de ventre	dores musculares	desejo de doce
desejo de café/chá	fome	frio
ataques de pânico	dor nas articulações	fome

Levanta os olhos ao terminar de ler e vê que Ginger faz um gesto com os dois polegares erguidos para ela. Nada como senso de humor para curar os gritos do corpo e da alma.

Voltando para casa, no carro, depois de todos os abraços (de pelo menos um minuto por pessoa, o que a fez levar mais de uma hora para se despedir de todos), Ingrid reflete a respeito do que viveu ali.

Acha que se saiu bem, embora não tenha tanta certeza. Duvidava que fosse capaz de aguentar o retiro. Aqueles dois dias e meio pareceram uma eternidade. Mas aqui está, sã e salva, orgulhosa de sua proeza.

Sente a cabeça leve e sacode seu corpo como um velho tapete até transformá-lo em algo vivo. Está com uma sensação efervescente e difusa que emerge do mais profundo ponto de sua coluna vertebral. É como se uma corrente de energia lhe fizesse cócegas a partir do interior.

Em algum momento do retiro, Rosie a encontrou chorando.

Sentou-se a seu lado e disse que estava tudo bem, que não há nada mais bonito e saudável do que se expressar livremente. Ingrid se sentiu muito melhor, inclusive nos quadris, depois de ter chorado. O corpo é uma coisa muito estranha!

Foi emocionante experimentar tantas coisas... Agora se sente viva como uma folha, leve e etérea. Uma folha que voa.

É quando seu celular toca. Fica olhando para o número, sem reconhecê-lo, e por fim decide atender.

— Alô?

— Ingrid? — pergunta uma voz cálida e gentil. — Aqui é o Kai, você se lembra de mim?

— Ah, sim, claro que sim... — responde Ingrid, francamente

surpresa. — Voltei na semana passada à granja, e também na semana anterior, mas não te vi.

— Sim, estive no outro lado do país, cuidando de uma irmã que se acidentou.

— Como está Roe?

— Ótima... Bem, tão bem quanto pode estar uma dama de sua idade.

— Aliás, que idade ela tem, Kai?

— Calculo que uns doze anos.

— Não estou pensando em adotá-la — diz Ingrid, convicta, embora ninguém tenha perguntado nada. — Sério, o que você quer? Como conseguiu meu telefone?

Ela se arrepende imediatamente de dizer isso. Soou dura demais. Por que se comporta assim?

Kai ri despreocupado e continua:

— Achei seu número no arquivo de nossos sócios da Humane Society. Porque você se cadastrou, não é?

— Sim, isso. Você está ligando para me agradecer?

Sem querer, ela soa desagradável, mas Kai não parece se importar nem um pouco, já que responde:

— Não, embora seja verdade que tenho que te contar certas coisas. Você gostaria de tomar um café um dia desses?

— Parece bom... — ela responde, pensativa. — Quando minha voz voltar ao normal e não soar mais como a de uma velha *rockstar*. Acabo de sair de um retiro de fim de semana e acho que estou esgotada...

— Sei do que você está falando. Me parece um bom tema de conversa. Vou deixar você descansar agora, acho que seu cérebro está precisando de ondas delta. Podemos deixar combinado para quinta-feira às dez horas? Logo te mando os detalhes do lugar.

— Perfeito, Kai, estarei lá.
— Obrigado. Até logo, *rockstar*.

CAPÍTULO CINQUENTA E CINCO

ACORDO AO SER AFASTADO PELO HOMEM com um empurrão. Dormi profundamente. Bocejo e me alongo, enquanto ele se levanta, tremendo e balbuciando algo incompreensível.

O cheiro de fruta podre que emana dele me faz lembrar da tristeza que Ingrid irradiava quando nos conhecemos.

Quero saber se ele tem um pouco de comida para me alimentar, então danço um pouquinho em volta dele. Pulo para cima e para baixo, mesmo que esteja um pouco desequilibrado devido à rigidez das patas. Ele para e me olha, parece entender, se vira e procura algo no bolso da mochila, mas dali não sai nada.

Começa a caminhar com passos cansados.

Eu o sigo de perto, mas de tanto em tanto paro para deixar alguma mensagem para os companheiros de quatro patas que possam estar interessados.

Depois de um bom tempo caminhando juntos, chegamos a uma casa minúscula. O homem abre a porta e eu entro junto com ele. Quero me abrigar num lugar mais aconchegante. Preciso beber e comer alguma coisa. Estou farto do frio e da fome.

A casa cheira como ele, a podridão e a fumo. Tanto que acabo espirrando.

Isso o faz perceber que estou atrás dele. Até agora ele não tinha se dado conta.

— O que você está fazendo aqui? Está me seguindo?

Eu me sento e faço cara de bom moço enquanto olho para ele,

ofegante. Dou um pequeno gemido e viro a cabeça de lado, esperando que ele entenda.

O homem desaparece na cozinha e volta com uma tigela cheia de água. Antes de começar a beber, vejo algo brilhando em seu rosto, com um cheiro de coisa salgada. Ele está chorando.

Quando fecha a porta, solto um suspiro de alívio.

Eu fico ali.

Ezra é um dos humanos mais solitários que já conheci. Nos primeiros dias, mal sai de casa. Fuma muito e abre a porta para que eu possa sair para passear e fazer minhas necessidades, mas não me acompanha. Pelo menos me recebe de volta, o que é uma boa notícia, já que ele me dá de comer. Comprou uma ração salgada demais, que custo a engolir, mas é melhor do que nada.

Não tenho pressa de ir embora, sei que preciso ficar aqui por um tempo.

Com o passar dos dias, as coisas começam a mudar. Ezra desaparece quase todas as manhãs, e eu fico em casa sozinho. Ele volta no começo da tarde e traz latas de comida fresca. Eu o faço rir com minhas danças alegres e meus pulos.

Gosto de vê-lo rir. Começou a falar comigo, especialmente quando se atira no sofá para fumar, bebendo sem parar.

Quanto mais tempo passo com ele, mais me dou conta de que está doente. Mesmo assim, sai à noite e volta cheirando a fruta podre. Eu o espero na porta. Não fico tranquilo até que volte para casa.

Nos passeios pelo bairro, ouço uma voz aguda vinda de uma lixeira. Tenho experiência em enfiar a cabeça nesses lugares, então me afundo ali e ao mesmo tempo sinto que algo caminha sobre minhas costas até conseguir sair da lixeira.

Surpreso, tiro a cabeça dali. É uma gata tricolor que me cumprimenta com um miado. Tem boa aparência, como os mascotes domésticos. Deve ter ficado presa ali dentro ao procurar alguma recompensa. De volta à rua, agora lambe as patas com extremo cuidado, como se eu não estivesse aqui.

Devidamente asseada, se esfrega contra meu corpo com o rabo levantado. Acho que quer me seduzir. Mais um felino que não tem medo de mim.

Quando volto para casa, a gata me segue até a porta, com o rabo formando um sinal de interrogação. Ao raspar a madeira para que Ezra abra a porta para mim, ela parte antes que eu consiga apresentá-la para meu triste amigo.

CAPÍTULO CINQUENTA E SEIS

DESDE AQUELE DIA, NÃO PARO DE ENCONTRAR a gata em tudo quanto é lugar. Alguns vizinhos a conhecem e a chamam pelo nome: Lucy. Às vezes, dão petiscos a ela, que os recebe com delicadeza, como se os merecesse por direito, e depois parte com muita dignidade, com o rabo levantado, até a escadaria de sua casa, de onde observa a rua com certa petulância.

Sempre elegante e asseada, a gata é o oposto de Ezra, que poderia aprender muito com Lucy. Eu gostaria que os dois se conhecessem.

Já faz alguns dias que meu pobre amigo anda muito nervoso. De repente, começa a limpar a casa sem parar e a enche de fumaça de cigarro. Me escondo do aspirador de pó, nunca gostei do som que aquilo faz. E quando persigo a vassoura, ele me dá uma bronca ou começa a rir.

Será que ficou louco?

De vez em quando sai para passear comigo, mas não olha para Lucy quando paro em frente à casa dela para que ele dê atenção à gata. Ezra anda com a cabeça nas nuvens e parece ter medo desta mansão com duas colunas na entrada.

Finalmente, numa certa manhã consigo fazer com que me acompanhe ao longo do caminho que esteve evitando. Plantados em frente ao local, vejo que Lucy não está na escadaria, mas farejo que se encontra dentro de casa.

Me sento entre as colunas, enquanto Ezra caminha em direção às escadas. Penteia-se com os dedos, alisa a camisa e avança até a porta. Depois de alguns instantes de hesitação, dá de ombros, suspira e ergue o braço para apertar a campainha.

Ouço a campainha soar e posso sentir que ele está suando, com medo. Mas... de quem?

Quando a porta se abre, um pequeno humano se atira sobre ele e o abraça pela cintura.

— Papai, papai, senti tanto a sua falta! — grita numa voz aguda.

Me deito sobre o frio chão de pedra. Levanto o focinho e o mexo em volta do lugar para entender o que está acontecendo.

Antes que a porta se feche, Lucy sai dali cheia de graça, como sempre, e caminha em minha direção. À guisa de cumprimento, me mostra o traseiro. Depois se senta a meu lado, como se também esperasse por algo.

Quando Ezra sai da casa com o menino pela mão e uma pequena mochila na outra, eu me levanto. Ouço meu amigo chamá-lo várias vezes de Liam. Deve ser esse o seu nome. Há algo em comum no cheiro dos dois, o que me faz pensar que são da mesma família.

Ao perceber minha presença, o menino se solta da mão do pai e se aproxima, correndo.

Mexo o rabo amistosamente. Ele faz cócegas em meu nariz e grita de felicidade.

Trato de pular sobre Liam, depois sobre Ezra, e todos riem.

O pai explica para o garoto:

— Este é o cachorro que... — Engole em seco. — O cachorro que encontrei há três semanas ao lado do canal. Bem, foi ele que me encontrou — corrige-se.

Da porta aberta, uma mulher de cabelo curto observa a cena com um sorriso tenso. Está vestida com uma roupa esportiva branca e os olhos cintilantes avaliam Ezra.

— Parece bom — diz a ele, com voz terna. — Liam, abotoe o casaco, está fazendo frio. Nos vemos amanhã à noite. Divirta-se com o papai! — diz, antes de se virar e desaparecer dentro de casa.

Lucy nos faz uma reverência antes de passar pela porta, que se fecha suavemente.

Meu amigo e seu filho já estão na rua, então saio correndo atrás deles.

A pequena figura de Liam, com seu casaco bem abotoado, é a imagem do menino mais feliz do mundo. O ar crepita ao seu redor.

Rolam muitos jogos e correrias na casa de Ezra, que persegue Liam, que por sua vez tenta me caçar. Depois descansamos no sofá diante daquela caixa que brilha e faz barulho.

Os dois conversam a tarde inteira enquanto durmo no tapete. Ezra fuma pouco e cheira a felicidade. Desde que o conheci, nunca o tinha visto tão tranquilo.

Liam me coça tão bem que lhe ofereço minha barriga, depois as orelhas, a cabeça e as costas. Estou feliz!

No dia seguinte, Ezra e seu filho me acompanham em meu primeiro passeio do dia. É muito bom passear juntos. Hoje, ele não cheira a fruta podre.

Mais tarde, quando levamos Liam de volta para a casa da mãe, o menino quer que entremos, mas a mãe se opõe. Lucy o acompanha ao interior da casa, com seus cuidadosos miados e ronrons.

Nós damos meia-volta.

Novamente em casa, Ezra está de ombros caídos e acende um cigarro atrás do outro.

Caminho ao lado dele e tento morder carinhosamente a mão que segura o palito fumegante, mas seus dedos o apertam com força e não o deixam cair.

Quando entramos na pequena moradia, ele vai atrás de uma garrafa nos armários da cozinha. Ao encontrá-la, engole boa parte do líquido.

Eu o observo do sofá, de queixo caído.

Finalmente, ele vem se sentar a meu lado. Cheira a fumo e álcool e dá palmadinhas em minha cabeça.

— Eu também sinto falta dele, grandalhão — murmura. — Eu também sinto falta dele...

Bebe ainda mais. Limpa a boca e larga a garrafa sobre a mesa. Se inclina sobre mim, como se fosse adormecer a qualquer momento.

Ele é pesado e voltou a cheirar muito mal. Está sofrendo demais.

Dou uma lambida em seu rosto e gemo. Ele se abraça ao meu pescoço, pressionando o rosto contra meu peito, e chora.

CAPÍTULO CINQUENTA E SETE

EZRA PRECISA DE AJUDA. Bebe e chora e fuma quase o tempo todo. Passa vários dias assim até que, de repente, começa a limpar a casa de novo. Também passa debaixo da água quente e cheira muito melhor.

Deduzo que logo iremos buscar Liam, e estou certo.

Repete-se a mesma dança na casa de Lucy, as brincadeiras em nosso lar, a volta de Liam e o desespero de Ezra.

Está tão desanimado que passa os dias no sofá, sem se mexer. Tenho que latir muito alto para que ele se lembre de me dar algo para comer.

Ele me lembra cada vez mais o homem que encontrei naquela vala, e não me ocorre nenhuma ideia a não ser correr até a casa de Lucy.

Um uivo potente diante da porta os faz saber que estou ali e que preciso de ajuda. Como ninguém vem abrir, armo um lindo festival de latidos, respondido pelos outros cachorros da vizinhança.

Parece que não há ninguém em casa.

Já está entardecendo quando a mãe chega de mãos dadas com o menino. Liam se atira em meu pescoço, feliz por me ver. Faço-o rir passando a língua em sua cara, e a mulher acaricia minha cabeça.

Quando entram na mansão, não peço licença para ir atrás deles. Choramingo sem cessar até a mulher de cabelo curto se aproximar de mim.

— O que houve, carinha? Você está com algum problema?

Giro o pescoço na direção da porta e gemo. Depois me levanto e vou até lá com passo resoluto.

Ela suspira. Parece que quer me seguir. Vamos!

— Me dê um segundo — diz, por fim. — E você, Liam, me espere aqui. Não apronte nada, ok?

Ela joga um casaco nos ombros, fecha a porta e saímos.

Quando chegamos à casa de Ezra, a porta continua fechada. Toca a campainha. Nada.

Ela me surpreende ao tirar uma chave do bolso e abrir a porta.

— Ezra! Ezra! Onde está você? — grita, avançando pelo interior da casa, que está com um cheiro horrível.

Não há resposta, então eu a levo até o sofá, no qual Ezra continua dormindo.

Isso é o que espero.

Ela suspira e se senta numa poltrona ao lado dele. Olha para mim e dá umas batidinhas em minha cabeça.

— Muito bem, carinha. Ezra precisa aprender a cuidar de si mesmo, sabe? Eu não consigo...

Ela se interrompe e abaixa a cabeça. Está chorando. Agora ela também cheira a sal, a tristeza e desabafo.

Não gosto que os humanos chorem. Parecem tão indefesos... Vou até ela e faço todo possível para consolá-la. Ponho a pata em seu colo e mexo o rabo vigorosamente ao mesmo tempo em que lanço um latido no ar.

Depois vou atrás da tigela vazia e ando com ela entre os dentes. Estou com fome. Se tenho que participar deste drama, é melhor que seja com a barriga cheia.

Ezra continua imóvel, mas consigo fazer a mulher se levantar. Ela enxuga o rosto com a palma das mãos, vai até a cozinha e dá um jeito de encher minha tigela. Depois disso, se vai.

Quando volta da rua, já acabei com a comida e monto guarda ao lado de Ezra, que segue dormindo e cheirando mal.

Ela volta trazendo um homem sem cabelos na parte superior da cabeça, mais alto do que ela.

— De onde saiu este cachorrão?

— Não sei. Parece que mora com Ezra... — E dá de ombros, antes de acrescentar: — Liam também gosta muito dele.

— Estou vendo — diz o homem, que me oferece uma mão muito limpa para cheirar.

— Tenho que ficar com o menino, Ian... Deixei um bilhete para Ezra em cima da escrivaninha. Você pode dar a ele quando estiver bem, por favor?

— Claro, Elisa, sem problemas. Fico aqui até ele acordar... — Antes que a mulher saia, ele acrescenta: — Sei que ele pode sair dessa. Não desista, ok?

Ela segura a respiração por um bom tempo, contemplando com os lábios comprimidos e os olhos azuis de Ian. Na sequência, balança a cabeça e se vai.

— Até logo — diz o homem sem cabelo.

Ian é muito hábil ao mudar as coisas de lugar enquanto Ezra segue dormindo. Do sofá, montando guarda, vejo-o dando voltas pela casa toda. Recolhe garrafas vazias, limpa pratos cheios de cinzas, abre torneiras, me assusta com a vassoura que levanta pó do chão.

Quando termina, já escureceu.

O visitante acende uma luz, e então Ezra acorda. Ao ver Ian, começa a chorar.

Por que todo mundo chora? Realmente, eu não entendo os humanos.

Vou até onde meu amigo está e lambo suas mãos.

— Mano, você está precisando de ajuda — Ian diz a ele, baixinho. — Quero dizer, se quer continuar vendo Liam e Elisa. E sei que você quer. Posso te ajudar, se você...

— Não posso perdê-los — responde Ezra, com um fio de voz.

— Você pode sair dessa, maninho. Está mais perto de conseguir do que você mesmo acredita. Você até deu um jeito de arranjar um anjo da guarda de quatro patas, cara...

O outro cobre a cabeça com os braços.

Fico em pé e começo a latir para acabar com o drama.

Ezra me olha, perplexo, e de repente começa a rir. Seu irmão parece surpreso. Rir é melhor que chorar, então dou mais uns dois ou três latidos. Agora, eles riem juntos.

— Este cachorro é realmente incrível — diz Ezra, por fim, e estica a mão esquerda para me coçar atrás das orelhas.

Ian se senta a seu lado e, com voz serena, explica:

— Olha, mano, tenho duas boas notícias... Você precisa de um empurrãozinho para seguir adiante. Minha mulher conseguiu um lugar para você na clínica em que trabalha, de graça, num programa de desintoxicação. São só dez dias, mas você vai sair dali como novo. O que me diz?

Ezra sacode o corpo como um cachorro molhado. Seu cheiro é tão triste que me faz lembrar da Ingrid do começo. Dou uma lambida em seu nariz.

— Não posso deixar Ángel sozinho. Acabo de decidir que esse é seu nome.

Ian sorri juntando as mãos e anuncia:

— Aí vem a segunda boa notícia. Essa unidade de dependência química permite os animais de companhia. Ángel poderá ir com você, se você quiser, claro...

Dou um latido concordando com algo que não sei o que é, mas acho que vai ser bom para Ezra, que leva as mãos à cabeça e murmura:

— Tudo bem, eu vou. — E olha para mim com os olhos brilhantes, antes de acrescentar: — Nós vamos.

CAPÍTULO CINQUENTA E OITO

A PRIMEIRA NEVASCA SURPREENDE INGRID passeando com Roe pelos arredores da granja. Na metade de novembro, não chega a ser totalmente inesperada, mas, mesmo assim, a pega desprevenida.

Quando os macios flocos de neve começam a esvoaçar, saindo das nuvens cinzentas, ela está cantarolando uma melodia que costumava cantar com a avó... A última vez foi há mais de meio século. O outono a faz sentir nostalgia de pessoas e lugares que se refugiam no fundo de sua memória.

Ingrid abre os braços em meio à neve que desce em câmera lenta. Fecha os olhos e volta o rosto para cima, esperando os beijos das mariposas de gelo sobre a pele.

Enquanto está assim, extasiada, a cadela fareja as folhas geladas que estalam sob suas patas.

No final do passeio, como de costume, Roe não reclama por ter de voltar ao canil. Kai disse a Ingrid que o tamanho reduzido dos cubículos de inverno serve para que os cães se mantenham aquecidos e o calor não se disperse.

Voltando para casa no carro velho, Ingrid sente algo parecido com felicidade.

Não é que já não sinta falta de Roshi, mas decidiu viver, sempre lentamente. Assusta-se ao sentir como é necessário seguir adiante e como uma nova vida é capaz de crescer ao redor das lembranças, da dor e da tristeza.

Para variar, convidou Tim, Annie, seu sobrinho Lance e sua família para a festa de Natal. A última vez foi há dez anos, quando Gerard ainda vivia. Eles aceitaram o convite, encantados. Embora tenha perdido o hábito de receber hóspedes em casa, quer corrigir o sabor amargo que o verão deixou em todos com o desaparecimento de Roshi.

Manter-se ocupada é algo que funciona. A ioga, o pilates e os passeios pelo bosque funcionam. A prática de TRE, o bridge com as amigas e a noite das garotas com Miriam estão funcionando. E o presente inesperado do carinho de Kai a fez rejuvenescer. Os dois saem para jantar uma vez por semana, às vezes duas. Não que concordem com tudo de antemão, mas Kai está sempre por perto, e ela começa a suspeitar que seu interesse por ela vai além da amizade. Talvez precise de uma companhia, alguém com quem compartilhar seus dias.

Hoje, adiantaram o encontro para a hora do almoço, na melhor mesa do Flagstaff, um restaurante que une as cozinhas francesa e americana e fica no alto de uma montanha, com uma vista estupenda.

Enquanto cheira o vinho como um sommelier profissional, Kai comenta:

— Outro dia li num artigo que a solidão é mais letal do que o tabaco. Você acredita nisso?

Ingrid não responde. Limita-se a olhar para ele com sua boca fina, mas suavemente curvada, enquanto a testa lisa é coroada pelo cabelo prateado, preso com dois palitos de cabelo.

— Pode ser verdade — diz, por fim, saboreando lentamente as palavras. — Em geral, nossa sociedade não é muito acolhedora com qualquer pessoa que tenha passado dos sessenta anos, e menos ainda com quem tem mais de setenta... Quase tudo gira em torno da juventude, em como é preciso lutar contra o envelhecimento e tudo isso. Mas quem quer viver eternamente?

— Era isso que Freddie Mercury cantava — ele acrescenta, com o olhar fixo na taça de vinho.

O líquido espesso se move diante da luz da vela. Está vivo, é ardente, de um vermelho intenso como rubi.

— E para manter boas relações precisamos nos atrever a ter algumas conversas difíceis e até mesmo desconfortáveis, você não acha? — prossegue Kai.

— Sim, claro — responde Ingrid, meio nervosa.

A essa altura, ela tem certeza de que Kai está tramando algo.

Ele se inclina para a frente, apoiando os cotovelos sobre a mesa. Ingrid espera pacientemente. Está muito curiosa com o que pode vir a seguir.

— Ingrid, eu gosto muito de você e me sinto muito bem a seu lado — ele diz, afinal. — Sim, já sei que você tem um pouco mais de setenta anos, idade que farei em janeiro... mas para mim você é uma mulher maravilhosa. Posso... pegar sua mão?

Ela está em estado de choque. Não esperava por isso. Não tão cedo.

Baixa os olhos até as mãos magras, de pele suave, cheia de pequenas manchas escuras e com as veias muito visíveis.

Não se lembra de ter agradado a alguém — ou não se aproximou o suficiente de ninguém — desde que Gerard faleceu. E sabe que Kai perdeu sua esposa há muito mais tempo. No entanto, sente-se estranha. Arranjar um namorado aos setenta e dois anos?

Bem... por que não?

O silêncio se expande entre eles como um oceano de esperança.

Com cuidado e bem devagar, ainda sem olhar para ele, Ingrid estende a mão esquerda.

Quando a palma da mão de Kai pousa sobre a sua, Ingrid sente uma onda de calor dentro de si.

— Você é muito doce, Kai — diz ela, atrevendo-se, afinal, a erguer os olhos. — Também gosto de você.

Nesse momento chega o prato principal, e ela retira a mão.

Kai sorri, ergue a taça e diz:

— A nós.

Quando as taças se encontram, uma nota de cristal anuncia que um novo mundo se abriu, mágico e misterioso, no qual tudo pode acontecer.

CAPÍTULO CINQUENTA E NOVE

O BILHETE QUE ELISA DEIXOU PARA EZRA o faz chorar. Ele procura garrafas pela casa inteira, mas o homem sem cabelos as levou. Meu amigo está tão irritado e com um cheiro tão ruim que me escondo debaixo da mesa durante sua tempestade.

Desesperado, ele se senta no chão da cozinha, ao lado da pia. Começa a chorar outra vez. Acho que devíamos dar um passeio juntos. Ou talvez ele possa coçar um pouco minhas costas ou minha cabeça... Saio do esconderijo e me aproximo dele, gemendo, me arrastando com o rabo encolhido.

Mas ele não me vê nem me ouve.

Está com a cabeça entre os joelhos. Me sento ao seu lado e começo a ganir mais forte, até mesmo a uivar. Finalmente, ele se inclina sobre mim, enterra o rosto em meu peito e continua a chorar.

Ah, bem... a vida de um cão é assim.

Levanto o focinho, bocejo e mexo o rabo para aliviar a tensão. Também lambo sua mão, embora cheire muito mal. Por fim, ele decide falar comigo.

— Elisa deixou um bilhete dizendo que não terei notícias de Liam ou dela até estar completamente sóbrio. O que significa que devo ir a essa clínica horrível... Você vai me acompanhar, amigo?

Não entendo o que ele diz, mas bato minha cabeça contra um lado de seu corpo de maneira amistosa. Estou dizendo a ele: estamos juntos nisso.

Ezra sustenta meu olhar e diz:

— Seus olhos cor de âmbar são muito bonitos. Você é um cão tão bondoso... Como pode sentir tanta compaixão por este bebum?

Depois se arrasta até o sofá, e eu vou atrás.

Um pouco mais de conversa e ele adormece. Eu fico de olho em seus sonhos.

Na manhã seguinte, decido levá-lo comigo a meu primeiro passeio.

Ainda está escuro quando agarro a manga de seu suéter com os dentes e começo a puxá-lo. Como ele não reage, agarro uma das pernas de suas calças e a puxo com grande esforço, grunhindo.

Ezra acorda e me olha sobressaltado. Continuo puxando-o pela calça. Quero que ele respire ar fresco e que a casa cheire melhor.

Ele fica tão surpreso que cede. Toca carinhosamente minha cabeça enquanto liberta com cuidado as calças de meus dentes. Depois se levanta, coloca os tênis de caminhada e pega um casaco.

Ladro para ele triunfalmente, e saímos porta afora. O céu ainda está escuro e os postes de luz piscam em meio à névoa. Viramos à esquerda e começamos o primeiro de nossos muitos longos passeios ao amanhecer.

Suponho que já seja inverno, porque minhas patas sentem o frio do asfalto pela manhã e nossas respirações se tornam visíveis.

Até que um dia o nosso passeio, para o qual Ezra aprontou uma grande sacola, não nos leva de volta à casa. Entramos num carro, onde Ian nos espera já ao volante, e vamos para longe da cidade.

Nesse momento, ainda não sei que demoraremos a voltar.

Passamos muitos dias num prédio grande, cheio de humanos com aventais brancos andando para cima e para baixo. Ezra e eu temos apenas um pequeno quarto para nós dois, mas tudo tem um cheiro muito limpo, inclusive meu amigo, e me dão comida e água três vezes por dia. Também há um jardim gelado onde podemos passear.

Na falta de outra coisa para fazer, saímos várias vezes por dia e voltamos um pouco depois. E eu nem preciso arrastá-lo: Ezra se junta a mim por vontade própria.

Ian veio nos ver algumas vezes. Parece muito contente.

Elisa e Liam também nos visitam, o que deixa meu amigo muitíssimo animado, a escutando com grande atenção.

— Não desperdice esta oportunidade, Ezra — diz ela, aproveitando que o menino está correndo pelo jardim. — Estou querendo muito que isso dê certo, e Liam também. Não podíamos permitir que você se destruísse na nossa frente.

— Eu sei... — responde ele, constrangido, sem olhar para Elisa.

Dou um latido de leve para aliviar a seriedade do momento. Ela sorri e passa a mão debaixo do meu queixo, coçando-o um pouco. É uma sensação incrível.

— Ânimo, Ezra — diz ela, antes de ir embora com Liam.

Quando por fim voltamos para casa, tudo mudou.

Ezra é outro homem. Levanta-se cedo, mantém a casa e seu corpo limpos, faz bastante exercício, incluindo nossos passeios, cozinha coisas boas e bebe muita água.

Cheira muito bem e chora cada vez menos. Sua voz ganha força ao cantar.

Acho que está pronto para deixar esta casa escura e voltar a viver com a mulher e o menino, mas ainda não posso partir. A terra continua gelada, embora a primavera esteja quase chegando.

— Te amo, Ángel — diz ele para mim frequentemente.

Respondo com um latido e rebolo, nervoso, porque sinto falta de Ingrid e sei que logo terei de partir.

CAPÍTULO SESSENTA

CONTRA TODA EXPECTATIVA, INGRID APROVEITA bastante a visita do irmão, de Annie e de Lance com sua família. Sophie, a mulher de Lance, mostrou-se uma grande companheira para conversar sobre livros, e Eva, sua filha, é muito carinhosa. Ingrid a leva para conhecer Roe e as duas passeiam várias vezes com a velha magricela pelas trilhas nevadas da colina.

A pequena Eva se lembra de Roshi e pergunta com frequência por ele, então seus pais, finalmente, acabam explicando como o cachorro se perdeu no verão passado. A menina fica muito triste, mas a mãe se senta a seu lado e diz que Roshi com certeza encontrou uma nova família.

— Não pode ser! — protesta ela, surpresa. — Mas ele não sabe que a tia Ingrid está esperando ele voltar para casa?

— Não sei, querida... — responde Sophie, acariciando o rosto da menina. — Nunca tive um cachorro e não sei o que eles sabem.

— Ingrid está esperando por ele. Ele tem que saber disso... e tem que vir! — Eva franze as sobrancelhas e faz beicinho.

Sophie sorri porque essa é a cara que sua filha faz quando teima com alguma coisa. *Sem dúvida ela será uma mulher de caráter*, pensa, orgulhosa, *que vai conquistar tudo a que se propuser.*

Com grande alívio, Ingrid fica sabendo que a tosse de Tim melhorou muito e que, felizmente, não era nada grave. Annie a deixa comovida ao contar que sua mãe faleceu e que ela teve a sorte de estar ao lado dela até o último momento.

— Morreu de mãos dadas comigo — ela conta, com lágrimas nos olhos.

Ingrid a abraça. Pela primeira vez na vida, sente-se verdadeiramente ligada a ela. Precisaram deixar passar metade de suas vidas para que Annie e ela pudessem chegar a um entendimento recíproco.

E não consegue deixar de pensar que, se Roshi não tivesse se perdido, talvez ela não houvesse convidado a família para passar o Natal. Nunca teria tido a oportunidade de se conectar com a mulher de seu irmão e de encontrar o restante de sua família.

Ingrid vai até a cozinha para fazer chá e café para todos, além de um chocolate quente para Eva. Na verdade, o que quer é esconder as lágrimas. Só agora se dá conta do quanto estava fechada, mesmo tendo Roshi junto de si. Até o lamentável incidente, ela não conseguira superar a dor pela perda de Gerard.

Sente com certeza que está voltando à vida.

Esteja onde estiver, é como se seu amigo canino estivesse cuidando dela à sua maneira, mesmo à distância.

O Natal e os dias seguintes transcorrem alegremente. Kai, cuja ausência se deve a obrigações familiares, consegue mandar um presente para Ingrid através de um serviço de entregas urgentes.

Ingrid fica vermelha ao abrir a pequena caixa e descobrir o que há dentro. Trata-se de um fim de semana num hotel-spa das Montanhas Rochosas. Mais cedo ou mais tarde, ela terá de explicar a todo mundo que conheceu alguém importante.

Os dias passam depressa e, quando a véspera do Ano-Novo se aproxima, sua família parte. Ingrid mal tem tempo de descansar, já que Kai a espera para celebrarem juntos.

Fazia muito tempo que não se arrumava para uma ocasião especial. Está usando um vestido de noite prateado e brilhante com um xale de cor púrpura intensa. Seu velho corpo está em boa forma. Está em paz com o que vê no espelho e espera o veredito de Kai com um frio na barriga.

— Você está lindíssima, querida! — exclama ele, quando passa para pegá-la.

Ingrid recebe o elogio com a alegria de uma adolescente e dá uma risadinha.

Ele a aperta em seus braços, olha-a nos olhos e a beija.

Ela não pode deixar de admirar como Kai está impecável em seu smoking.

Está até com uma gravata-borboleta! Ao perguntar o motivo de tanta elegância, ele responde:

— Porque estamos celebrando e vamos entrar neste novo ano em grande estilo, minha querida Ingrid.

— O que estamos celebrando? — ela pergunta, enquanto Kai a ajuda a colocar seu casaco de inverno.

— Nós dois. Você acha pouco?

O restaurante ao qual ele a leva é tão maravilhoso quanto todos os outros que ela descobriu ao lado dele. O jantar é esplêndido, e eles têm tantas coisas para conversar que quase perdem a meia-noite. Depois dançam um pouco, desejam um feliz ano um ao outro, e quando dá uma hora da manhã, decidem que está na hora de ir embora.

Ingrid está bem acordada e nervosa quando se deita na cama, na preciosa casa de estilo oriental de Kai. Duvida que seu corpo continue funcionando como antes. Faz tanto tempo que ninguém a toca... Mas as mãos de Kai são calorosas e não têm pressa, o que a reconforta enquanto os dois se escondem sob o cobertor aconchegante.

Ela adora sentir o suave calor da pele dele, assim como suas mãos, que exploram uma paisagem de íngremes vales e suaves colinas, incluindo algumas cicatrizes.

Dormem abraçados, pele contra pele, com o sentimento compartilhado de haver chegado, depois de uma longa travessia, a uma terra que é somente deles.

CAPÍTULO SESSENTA E UM

CONTINUAMOS COM A ROTINA DE PASSEAR ao amanhecer e de dar outra saída mais tarde, ao meio-dia. Me enche de alegria descobrir que, na noite mais profunda e escura, também consigo ver muito claramente as luzes piscantes que Tobías me mostrava no céu noturno. Os vagalumes agora parecem diferentes, mais fortes e claros.

Começo a sentir falta de seguir meu caminho.

Quando chego aos campos nevados que contornam a cidade, procuro um lugar sem tanta neve e, antes que comece um novo dia, uivo para as estrelas.

Ao sair para o campo aberto, posso sentir, cada vez mais, o cheiro de toda a vida que há no bosque ao meu redor: cervos, javalis, raposas, gambás... Passam-se mais algumas semanas e, num de meus passeios ao amanhecer, meu focinho me sacode com cheiros frescos e florescentes que estavam adormecidos há tempos.

Está chegando a primavera, penso, cheio de energia.

Os dias seguintes me confirmam a sensação. Os pássaros piam e gorjeiam vivamente e os primeiros brotos verdes começam a crescer por baixo do manto branco e gelado. Me sinto pronto para partir.

O pequeno humano volta a vir à casa do pai, agora limpa e arrumada. Às vezes, a mulher o acompanha e os três conversam e riem. Acho que não vão demorar muito a ficar todos juntos na casa grande.

Liam é o garotinho mais feliz do mundo e, quando a neve começa a derreter, sua mãe também fica com um cheiro mais suave e muito mais carinhosa com Ezra.

Vejo Lucy com frequência, mas ela está mais distante de mim. Acho que tem medo de que eu me instale e ela perca seu lugar de rainha da casa. Se eu falasse a língua dos gatos, diria a ela para não se preocupar, porque estou a ponto de partir.

CAPÍTULO SESSENTA E DOIS

MINHA AMIGA FELINA É A ÚNICA A ADIVINHAR o dia em que me disponho a partir. Nós, animais, percebemos essas coisas. Aproveito que os três humanos estão na casa grande para dar uma grande lambida de despedida em Lucy, que observa a rua entre as colunas.

Ela se enrosca entre minhas patas várias vezes. É sua maneira de dizer que gosta de mim e que me deseja uma boa viagem.

Eu também gosto dela, assim como dos três humanos lá dentro.

Especialmente de Ezra. Sobrevivemos juntos a um inverno cheio de desafios.

Lucy me acompanha em meu último passeio por aqui, que me levará para fora da cidade. Trotamos juntos pelas ruas e eu mostro para ela meu lugar favorito no bosque. Com seu pelo tricolor todo arrepiado, parece estar gostando dos aromas que a cercam.

Antes que eu retome meu caminho, ela esfrega seu pequeno nariz em minha cara, em meu pescoço e onde mais consegue. Eu a deixo fazer isso e fico ganindo para agradecer sua companhia e seu apoio. Também vou sentir falta dela.

Tocamos suavemente nosso nariz para dar o último adeus. Depois, ponho minhas patas para trabalhar. Sei para onde vou, embora não saiba quando vou chegar.

Antes de me enfiar num caminho em pleno bosque, ladro alto em direção a Lucy para dizer: *cuide de todos eles agora que não estarei mais aqui.*

A gata responde com um miado suave e retorna à cidade com o rabo levantado.

OS ENSINAMENTOS DE UM CÃO #7
— Notas para uma reportagem —

O trabalho terapêutico de Roshi com Ezra Milton foi, sem dúvida, o mais longo de toda a sua peregrinação, já que se estendeu do final do outono até o início da primavera.

Durante todo esse tempo, o cão permaneceu com ele, segundo afirma o programador que voltou a trabalhar, conseguiu superar o vício em álcool e retomou o controle de sua vida. Hoje, vive outra vez com o filho e a esposa, da qual estava separado havia um ano.

Embora garanta que Roshi, a quem chamava de Ángel, tenha lhe transmitido centenas de lições durante seu tempo juntos, Ezra é um homem de poucas palavras e só conseguiu especificar duas:

1 - NÃO HÁ REMÉDIO QUE CURE MAIS DO QUE A BONDADE. Para curar uma alma sofrida, aproxime-se das pessoas de coração puro (e dos amigos de quatro patas também). Elas o ajudarão a navegar pela dor se você permitir que te acompanhem. O que nos leva à próxima lição:

2 - OUÇA AQUELES QUE GOSTAM DE VOCÊ. Eles nem sempre vão dizer o que você gostaria de ouvir, mas são seus melhores aliados. Deixe de lado o orgulho e preste atenção, porque eles veem coisas que você deixa escapar. Deixe-se ajudar.

CAPÍTULO SESSENTA E TRÊS

MIRIAM E INGRID BEBEM EM SILÊNCIO seus kir *royals*, enquanto, ao fundo, toca um jazz suave. A cálida luz das velas do clube-restaurante onde estão há horas é acolhedora e reconfortante.

Ingrid explora o salão com o olhar, absorta nos móveis de madeira escura, nas cortinas de veludo de um vermelho intenso, nos candelabros... No pequeno palco no outro extremo do salão, os músicos ainda tocam aos finais de semana.

Um garçom veterano a cumprimenta, de longe. Ingrid fica feliz ao constatar que continuam abertos. Faz mais de três décadas que entrou aqui pela primeira vez e o Red Pavilion ainda mantém a qualidade nos serviços e no ambiente. Ela conhece todo mundo ali, do cozinheiro ao dono, inclusive os netos do dono.

— Ainda não vim aqui com Kai — explica Ingrid, preocupada. — Bem, você me entende... Sempre foi o lugar em que vinha com Gerard, além de você. E eu ainda não sei...

O jantar chega, e Ingrid engole o resto da frase enquanto o garçom as serve. Precisa contar tantas coisas à amiga que talvez a noite não seja suficiente. Com as entradas, começa a abrir seu coração:

— Sinto falta de Roshi e adoraria que ele me acompanhasse em minha felicidade. Ele fez isso tão bem quando eu estava deprimida... que agora me sinto culpada por estar tão feliz. Você acredita?

O solo de contrabaixo nas caixas de som sublinha o silêncio que se instala entre elas. Miriam decide beber um pouco do coquetel em vez de falar. A amiga prossegue:

— Eu estava tão deprimida que nem sabia que estava assim.

— Sei o que você quer dizer, querida, mas o importante é... Como você está se sentindo *agora*?

Ingrid engole seu *kir royal*, bebe meio copo de água e limpa a garganta antes de declarar:

— Acho que estou apaixonada, o que significa que meu coração já não está partido. Ou será que se pode estar com o coração partido e apaixonada ao mesmo tempo?

A amiga tem lágrimas nos olhos. A felicidade de Ingrid a contagiou, então ela só consegue dizer:

— Não se pergunte tanta coisa, querida. Quando o amor bate à sua porta, só há uma coisa que você pode fazer... Vivê-lo!

Quando Ingrid chega em casa, sua cabeça fervilha com uma vitalidade desconhecida. Ela se sente muito feliz por ter Miriam ao seu lado, entre muitas outras coisas que enchem seu coração de gratidão.

Enquanto tira a roupa na penumbra do quarto, iluminado unicamente pela luz que vem do banheiro, sente que sua pele está mais firme e suave. Será o bálsamo do amor?

Embora tenha se divertido muito com a amiga, sente falta de Kai, com quem logo passará alguns dias no balneário das Montanhas Rochosas.

Deixa que o corpo trema um pouco antes de vestir o pijama. É tão bom se sentir viva! Vai para a cama no escuro e, já enroscada em seu aconchegante cobertor, se dá conta de que não se sente tão só no universo.

Pergunta-se o que Gerard estará pensando, se é que ele continua a existir em alguma dimensão da qual consegue observá-la. Estará bravo ou decepcionado com ela?

Em seu íntimo, sabe que não, porque ele sempre queria o melhor para ela, e não há motivo para que isso tenha mudado. Ingrid também teria desejado outro amor para Gerard, se ela tivesse partido primeiro.

Com esses pensamentos, acaba adormecendo.

Quando chega o momento da escapada ao balneário das montanhas, os dois se sentem tontos e felizes no carro de Kai. Encontram-se no final da temporada de esqui, já que a primavera logo vai derreter as últimas neves.

Ingrid confessa que faz pelo menos quinze anos que não esquia.

Kai diz que não há necessidade alguma de esquiar, pois têm à sua disposição muitas trilhas maravilhosas nos cumes das montanhas e ele reservou um quarto muito especial para os dois.

Embora ela pergunte, ele se nega a dizer qualquer outra coisa. Quer que seja uma surpresa.

Conforme andam por entre precipícios, as montanhas que os cercam se tornam cada vez mais brancas, revelando um mundo ainda vestido pelo inverno.

Quando estacionam no hotel, que tem uma vista deslumbrante, o silêncio se espalha em todas as direções.

É a beleza selvagem da natureza.

Ingrid se entusiasma ao descobrir que o quarto espaçoso está equipado com uma banheira com vista para a montanha, graças a uma ampla janela. Daquela altura, somente as águias poderão ver seus corpos nus.

Durante o jantar à luz de velas, Kai traz um assunto no qual vem pensando há meses. Não tem muita certeza de como Ingrid vai encarar, mas decide falar:
— Talvez seja cedo demais para isso, mas faz tempo que quero te dizer uma coisa.
— Vá em frente, Kai...
— Acho que devíamos fazer uma pequena cerimônia para Roshi, um ritual para nos despedirmos dele e homenageá-lo como merece. Seria... não sei as palavras adequadas. — Ele engole em seco antes de concluir: — Uma espécie de funeral simbólico.

Ingrid fecha os olhos. Suas mãos sentem o calor das mãos de Kai e seu coração se acelera, dolorido. Ainda não havia pensado nisso. Deixa escapar uma lágrima pelo canto do olho. Talvez ainda precise acreditar que Roshi está lá fora, em algum lugar, e que algum dia voltarão a se encontrar.

— Não sei... — sussurra. — Eu gostaria de acreditar que ainda há esperança. E, no entanto, uma parte de mim renunciou a isso. Tanto tempo se passou... São nove meses já! Se convertermos a vida de um cão em tempo humano, isso equivaleria a quase seis anos de nossa vida. Você esperaria reencontrar um amigo humano que desapareceu há seis anos?

Kai não tem resposta. Espera Ingrid se acalmar um pouco, já que seu peito sobe e desce rapidamente. Depois explica que um pequeno ritual ajuda a superar uma perda, a encerrar um ciclo para que assim seja possível se entregar ao momento presente.

— Está bem... — diz Ingrid, esfregando os olhos brilhantes. — Vamos fazer essa cerimônia daqui a um mês, talvez. Quando a primavera estiver em todo o seu esplendor. Roshi gostava muito de cheirar as flores do jardim, e elas ainda precisam de algum tempo para brotar.

Kai concorda. Passam o resto da noitada planejando os detalhes. Nessa noite, Ingrid sonha com Roshi feliz brincando com ela. Acorda com uma certa tristeza e interpreta o sonho com um sinal de que seu amigo dourado está feliz no outro mundo.

Sim, a cerimônia é uma boa ideia.

CAPÍTULO SESSENTA E QUATRO

SINTO QUE MINHAS PATAS SE EXPANDEM PELO CHÃO. Me impulsiono à frente num galope, sem olhar para trás. O caminho desliza sob mim com facilidade. À medida que adentro a trilha florestal, sinto o sol me despertar, e as criaturas que ele aquece, pequenas e grandes, me cumprimentam cantando e gorjeando, como se estivessem alegres por eu finalmente estar indo encontrar Ingrid.

Em minha excitação, pulo e danço como um filhote. Também solto latidos para me animar a correr. É ótimo voltar a sentir meus músculos rendendo plenamente.

Uma sensação dentro de mim diz que talvez eu já não esteja tão longe de casa, embora eu não conheça nenhum dos caminhos que atravesso.

A paisagem muda rapidamente. O bosque não demora a ser substituído por campos nos quais os primeiros brotos começam a aparecer.

Às vezes, encontro uma vagem úmida ou um riacho para matar a sede. Também volto a praticar a caça, e consigo capturar algumas ratazanas e até mesmo um esquilo.

Durmo sob as árvores e perto de refúgios humanos, para ter acesso às latas de lixo. Me movo mais rápido durante as horas do crepúsculo e da escuridão.

Os campos dão lugar a zonas industriais onde poderia encontrar delícias como as que Duke vigiava. No entanto, estou tão decidido a voltar para Ingrid que não paro em lugar nenhum.

Os dias vão ficando cada vez mais longos, e meus pelos voltam a se embaraçar. Tento arrancar com os dentes os pequenos cardos que grudaram em mim e me provocam coceira. Ainda não está fazendo tanto calor para que eu me banhe nas lagunas e rios do bosque.

Adoro sentir o cheiro da grama cada vez mais alta, e às vezes a como para limpar meu estômago, maltratado pela comida malcheirosa que resgato das latas de lixo.

Depois de um longo trecho montanhoso, agora vejo menos bosques e mais terras cultivadas. Fica difícil encontrar lugares para me esconder da chuva, que cai com bastante frequência.

Ao passar perto de umas mesas de madeira ao ar livre, tenho um golpe de sorte. Um jovem casal que está ali comendo faz sinal para que eu me aproxime. Querem me dar algo e não pretendo recusar.

Me entregam uma bela porção de linguiças macias e suculentas, junto com outros restos de comida.

Terminado o almoço, dou um latido para mostrar gratidão. Depois, volto para meu caminho com a energia renovada.

Mal consigo descansar durante o dia, e então, ao entardecer, procuro um lugar para me recolher. Quando vejo a lua e as estrelas brilhando, levanto a cabeça e uivo em sua direção, com a esperança de que avisem Ingrid que estou a caminho.

Num lindo campo cheio de flores, me permito dois dias de descanso à sombra de arbustos baixos, e levanto as patas em direção ao céu para aliviar as costas.

Não sei onde estou nem quanto ainda preciso percorrer.

No final deste campo há uma casa rústica que me inspira confiança. Visito um humano ancião que mora ali. Ofereço a ele um concerto de choros e latidos para que me dê comida.

Ele a oferece com um sorriso gentil e olhos escuros de quem conhece as dificuldades da vida. Na silenciosa companhia desse velho, descanso até o dia seguinte para prosseguir minha aventura com uma refeição matinal extra na barriga.

Estou cada dia mais cansado. Será que devia ter ficado com o velho e desistir de Ingrid? A viagem parece não ter fim.

Me consolo olhando para as estrelas, que cada vez demoram mais a aparecer. Minhas amigas parecem dizer: siga em frente, aguente um pouco mais.

CAPÍTULO SESSENTA E CINCO

O AMANHECER É ESPLENDOROSO NAS MONTANHAS ROCHOSAS. Ingrid e Kai saem em uma excursão depois do café da manhã, seguindo uma das trilhas mais bonitas e íngremes do lugar. O terreno é escorregadio e, embora estejam bem preparados, com equipamento adequado, é preciso ter cuidado ao pisar.

O trekking avança num ritmo satisfatório, entre conversas alegres e paradas para tirar fotos dos imponentes abismos sobrevoados por grandes aves.

Em uma curva, o pé esquerdo de Ingrid escorrega numa pedra. Ela torce o tornozelo e quase cai ladeira abaixo, mas Kai consegue segurá-la a tempo. Graças a seus reflexos ainda ágeis, o acidente não foi pior.

Ingrid sente dor e Kai tira sua bota para verificar como está o tornozelo, que incha e muda de cor. Kai recoloca a bota com cuidado. Vão ter que descer bem devagar.

Quando Kai ajuda Ingrid a se levantar, fica claro que ela não consegue apoiar o pé, ainda mais nesse terreno escorregadio que é um perigo constante. Kai dobra o casaco e ajuda Ingrid a se sentar nele.

Desce rapidamente para pedir ajuda no hotel.

Uma leve brisa se levanta quando Kai desaparece na parte baixa da trilha. Ingrid suspira enquanto tira a bota. Seu pé dói demais. Ela esfrega um pouco de neve no tornozelo em busca de alívio.

Foi um verdadeiro desafio levar Ingrid de volta ao balneário, mas Kai e o médico-residente conseguem fazer isso juntos, depois de uma lenta epopeia cheia de paradas. Para avançar, precisam segurar Ingrid cada um de um lado, já que ela não consegue apoiar o pé esquerdo.

— Como está, sra. Weissmann? — o médico lhe pergunta de vez em quando.

— Já fiz passeios melhores... — brinca ela. — Foi providencial que Kai tenha me segurado, ou agora eu estaria no fundo do barranco!

— Isso significa que ainda vai viver muitas aventuras, sra. Weissmann.

Quando conseguem chegar ao hotel, Ingrid é levada imediatamente ao ambulatório médico, que conta com uma máquina de radiografia.

— É muito mais vantajoso do que chamar um helicóptero e toda uma equipe de resgate — explica o médico, ligando a máquina. — Como frequentemente ocorrem acidentes por causa do esqui ou de escorregões no gelo, nós nos ocupamos aqui mesmo dos problemas menores e só pedimos ajuda quando se trata de algo grave.

— Acho que vou subir para descansar — anuncia Ingrid, depois de feitas as radiografias. — Estou cansada e ainda um pouco assustada. Pode me passar os resultados mais tarde?

— Claro, sem problema... — diz o médico, enquanto Kai a ajuda a caminhar até o elevador.

Uma vez no quarto, ela se deita na cama e deixa que seu corpo trema, tal como aprendeu nas aulas de TRE. Sabe que a técnica pode ajudá-la a se recuperar mais rapidamente.

Quando Kai se senta junto dela na cama, Ingrid estende a mão para ele.

— Estou bem... — ela diz para tranquilizá-lo. — Isso é bom para o meu corpo. As vibrações e os tremores liberam os hormônios do estresse de nosso organismo.

— O médico diz que não vê nenhuma fratura e que o ligamento também parece estar intacto — anuncia Kai, depois de atender uma ligação. — No entanto, a radiografia mostra sinais de acidentes mais antigos. Agora o que você precisa fazer é descansar.

Com isso, ele se deita amorosamente ao lado dela.

Apesar do grande susto que levaram, a tarde transcorre placidamente, entre as compressas de gelo que Kai prepara e as visitas do serviço de quarto, que traz sopa, arroz, peixe e verduras assadas.

Tudo tem um cheiro tão delicioso que, por alguns momentos, os dois esquecem que o acidente arruinou suas férias.

No dia seguinte, o tornozelo continua inchado, mas Ingrid já consegue caminhar com um pouco menos de dor e dificuldade. Passeiam um pouco e se sentam ao sol da manhã no terraço, vendo a neve derreter.

Depois do almoço, iniciam a viagem de volta.

Embora o médico do balneário tenha colocado uma atadura de urgência, é melhor Ingrid consultar seu médico e ficar perto da civilização, caso precise de alguma coisa.

Quando chegam em casa, Kai pergunta a Ingrid se ela quer que ele lhe faça companhia. Ela diz que sim. É duro ficar sozinha em seu estado, então ela se alegra por ter por perto o cavalheiro de cabelo grisalho que está iluminando sua vida.

Como para comprovar que podemos tirar coisas boas mesmo de situações ruins, conforme se recupera do acidente Ingrid aos poucos vê que talvez Kai e ela possam compartilhar o que lhes resta de vida. Que descoberta maravilhosa!

Semanas mais tarde, Ingrid já recuperou a maior parte de sua autonomia. Consegue entrar e sair de casa com uma muleta e faz sessões de fisioterapia todas as tardes.

Chegou o momento de Kai voltar para a casa dele, embora não pareça estar com pressa.

— O que houve? — pergunta Ingrid. — Não quer ir para a sua casa?

— Estou pensando, querida, que meu lar é onde você estiver. Portanto, se você não se importa, vou dar uma de *okupa* por mais alguns dias. Pelo menos até que você possa largar essa muleta.

— Como quiser — concorda ela, feliz.

— A não ser que você queira ter um tempo só para você, o que eu compreenderia perfeitamente. Nesse caso, vou para casa e ficarei colado no telefone, para o caso de você precisar de mim.

— Você pode ficar aqui o tempo que quiser — diz ela. — A vida inteira, se quiser.

Esta última frase sai do fundo de sua alma, sem pensar. Ele se emociona com essa resposta e, arregalando os olhos, declara:

— Você é a luz do sol para um velho como eu.

— Um sol ainda mais velho que você, querido.

Os dois riem e ele se inclina para lhe dar um beijo. Depois se sentam no sofá, de onde podem ver o jardim.

— As flores estão começando a crescer, Kai... Acho que em duas semanas, no máximo, a natureza estará em seu auge. Você ainda quer fazer uma cerimônia para meu querido Roshi comigo?

CAPÍTULO SESSENTA E SEIS

OS DIAS VÃO PASSANDO DIANTE DE MEUS OLHOS e meu focinho. As cores vivas e os aromas intensos da primavera chegam até mim em meio às tentativas de caçar ou de encontrar algo comestível deixado pelos humanos.

Minhas forças se esgotam pouco a pouco. Sentir algum odor familiar à distância me ajuda a seguir em frente.

A fome confunde meus sentidos e às vezes me faz duvidar se estou no caminho certo. De vez em quando, encontro algum bebedouro para o gado e, embora costumem cheirar mal, servem para aplacar a sede. Aprendi que não devo beber apenas quando estiver sedento, mas sempre que puder.

Uma tarde meu olfato identifica, através da brisa, uma fragrância de erva poeirenta e seca, com flores de cedro-cheiroso misturadas com plantas aromáticas. A delicada imagem de um ancião que vive num lugar assim se ilumina em minha mente.

Até que enfim uma casa conhecida. Devo chegar a este lugar seja como for.

Conforme avanço, tentando lembrar o caminho, recordo que estive com Ingrid neste lugar. Inclusive o velho entregou a ela umas folhas que havia arrancado. Sim, tem que ser ali.

É um amigo de Ingrid, estou cada vez mais certo disso.

Ergo o focinho de vez em quando para detectar exatamente o lugar de onde a brisa traz esse aroma que me leva ao mundo conhecido.

Quando o sol já está quase se pondo, reconheço a casa aonde fui com Ingrid mais de uma vez. Corro até lá com todas as minhas energias, que são poucas.

Começo a andar em círculos, convencido de ter pisado nos jardins que a cercam.

Sim, já estivemos aqui.

Solto alguns latidos no ar. Quero avisar que sou eu, um cão conhecido, o melhor amigo da amiga do ancião.

No entanto, nada acontece.

Finalmente, atravesso o gramado e decido me plantar em frente à casa. Como ninguém nem nada se mexe, me aproximo. Há luzes numa janela, e também me chegam alguns ruídos. Tenho certeza de que estou na casa certa.

Decido arranhar a porta.

Mas nada acontece. Espero um pouco e volto a arranhar a porta, além de dar um monte de latidos.

Nada.

Decido me aninhar no umbral da porta. Não pretendo sair daqui.

Acordo com o frio do amanhecer. A casa está em silêncio, e decido continuar aqui e esperar até que alguém apareça.

Passam-se duas ou três horas.

O sol se levanta no céu. Ouço um barulho vindo do interior da casa. Dou os latidos mais potentes de que sou capaz enquanto arranho a porta com força.

Desta vez, ouço passos vindo em minha direção. Volto a arranhar a madeira e a porta se abre.

É o velho das ervas, não tenho dúvida. Seu rosto enrugado e amável se ilumina com a surpresa de me encontrar ali.

Sua mão pequena e fresca procura minha cabeça.

— Meu Deus... De onde você saiu? — pergunta ele, colocando-se de cócoras com dificuldade para ficar na mesma altura que eu.

Cheiro sua mão e a lambo. Gemo e, com minhas últimas energias, fico de pé e com as patas toco os ombros do ancião.

Você me conhece, não? Tem que me conhecer!

Numa última tentativa de me fazer familiar, deito virado para cima e lhe mostro minha barriga. Ah, por favor, por favor, por favor, mostre que você sabe quem eu sou coçando minha pancinha!

— Ah... mas o que você está fazendo aqui? Roshi! Você é o Roshi, não é mesmo? — pergunta o ancião, com as costas apoiadas no batente da porta. — Garoto, você não sabe como sua mamãe vai ficar feliz! Ela anda te procurando sem cessar. Não posso acreditar que você esteja aqui, na porta de casa!

Ele coça minha barriga e eu deixo. Depois, me endireito e me aproximo do velho para lamber seu rosto e suas mãos. Ele me conhece. Disse meu nome! É o amigo de Ingrid, que coça minhas orelhas e minhas costas.

Um pouco depois, estamos dentro da casa. Ele fecha a porta.

Dou uma volta. Ingrid não está aqui, nem nenhum de seus cheiros. Isso significa que há muito tempo ela não aparece por aqui... Sigo o homem até a cozinha e me sento.

— Bom garoto! — ele diz, enquanto enche uma tigela com água.

Bebo um pouco, mas minha atenção logo se desvia para o presunto fresco que ele acabou de tirar a geladeira. Arranco-o de suas mãos e o devoro com duas ou três mordidas.

Ah! É bom demais para ser verdade!

Sentado à mesa, o velho vê, sorridente, como eu estou adorando aquilo. Depois ele me diz:

— Bem, está na hora de fazer alguma coisa. Você não pode ficar aqui.

CAPÍTULO SESSENTA E SETE

HOJE É O DIA DA CERIMÔNIA DE DESPEDIDA. As flores já brotaram e o lodoeiro oferece sua linda chuva de pétalas amarelas junto às rosas e outras flores brancas, vermelhas e azuis.

— Agora entendo por que seu cachorro teria adorado isto — diz Kai, passeando pelo jardim. — É uma orgia de cores e perfumes!

Ele abraça Ingrid e dá um beijo em sua testa.

— Você está pronta, meu amor?

— Nunca vou estar preparada para isso, você sabe, mas chegou o momento. Não é possível se despedir completamente de alguém de quem você gostou tanto. Mas, sim... Posso dizer que estou pronta. Tenho algo que podemos usar para representar o Roshi. Vou buscar.

Quando Ingrid volta, tem na mão a miniatura de um cão cor de creme.

— Encontrei isso na barraca de antiguidades do povoado. Você gosta?

Kai envolve suas mãos e sorri.

— É maravilhoso — afirma, devolvendo o boneco para Ingrid. — Vou arrumar a sala. Nossos amigos estão quase chegando.

— Você preparou a TV onde vamos projetar as fotos?

— Sim, já testei. Está tudo funcionando.

— Ótimo, então vou pegar os pratos com a comida... Você pode deixar o cãozinho lá dentro, ao lado da TV, por favor?

— Sim, querida, claro que sim — diz Kai, antes de entrar.

— Também comprei uma muda de pessegueiro — explica ela para Kai. — Quero que o plantemos juntos e que enterremos essa miniatura ali. Será a sua árvore comemorativa, seu túmulo. As árvores simbolizam a vida... Assim sua memória viverá conosco para sempre.

Kai desaparece com a miniatura nas mãos, deixando Ingrid entregue aos pensamentos.

Ao meio-dia, pouco antes de chegarem os primeiros convidados, a sala está lindamente decorada, com alguns ramos de flores que Kai encomendou ao florista.

Ingrid se emociona ao entrar na sala e descobrir os ramos de rosas brancas, cada um arrumado elegantemente ao redor de um bambu jovem.

Ela se aproxima de Kai e o abraça, sem dizer nada.

Quando o primeiro convidado bate à porta, Kai pega as mãos dela e diz:

— Tenho outra surpresa, mas só vou te dar quando todos tiverem ido embora.

— Ora, vamos! — diz Ingrid, vaidosa, e se afasta dele para ir até a porta. Os convidados chegam com um ramo de flores cada um.

Ingrid abraça a todos com força, já que tudo isso a faz lembrar de quando teve que organizar a despedida de Gerard junto com o funeral... Mas hoje se sente mais leve, mais feliz, como se com esta carinhosa homenagem a Roshi finalmente pudesse se despedir também de sua antiga vida, de seu antigo eu. Está preparada para viver uma nova existência, para além de suas perdas.

Quando todos estão sentados na sala, com suas bebidas na mão, ela entra com uma caixa, que coloca na mesa de centro. Depois joga o xale verde sobre os ombros e começa a reproduzir na TV as fotos que escolheu para a cerimônia.

Seus olhos se enchem de lágrimas ao explicar como Roshi a ajudou a sair da depressão em que mergulhara após a morte de Gerard. E como foi lindo adestrá-lo, brincar com ele, amá-lo... Diz ainda que os cães são seres superinteligentes e lindos, que, mesmo ausentes, ensinam muitas coisas a quem os ama.

Todo mundo a escuta em silêncio.

Então Ingrid abre a caixa, tira dali um monte de fotos e pede a cada convidado que escolha uma. As fotos foram impressas em papel ecológico, para que ela possa enterrá-las sob a árvore, junto com a miniatura.

Cada convidado escolhe uma foto e escreve, no verso, uma mensagem de despedida para Roshi.

Quando terminam, Ingrid as guarda na caixa e coloca ali dentro a miniatura que estava em cima da TV. No jardim, o espaço para plantar o pequeno pessegueiro já foi escavado, esperando apenas a oferenda ser plantada e começar a crescer.

Ingrid se agacha enquanto os convidados se reúnem ao seu redor, formando um semicírculo, sentados nas cadeiras que Kai dispôs cuidadosamente. Ela suspira, seca algumas lágrimas do rosto e abre a caixa.

— Estas são as lembranças de Roshi...

Mostra aos convidados a caixa aberta com as fotos e as dedicatórias, o cãozinho de porcelana e o brinquedo favorito de Roshi: um coelho de pelúcia.

— Como faz quase dez meses que você desapareceu, querido

Roshi, enterro aqui momentos de sua vida, seu brinquedo favorito e uma miniatura que te representa. — Uma pausa para assoar o nariz. — Vou dar algumas bolas e outros brinquedos seus para Roe, com quem ando passeando no refúgio onde conheci Kai.

Ergue os olhos para ele, que retribui com um olhar de incentivo.

— Vou levar para o refúgio o que resta de sua comida, seus pentes e até mesmo sua almofada de descanso. Lá, essas coisas encontrarão outros donos.

Ingrid precisa fazer outra pausa para recuperar o fôlego. Chora copiosamente. Mesmo assim, consegue recuperar o ânimo e prossegue:

— Obrigada, Kai, por me acompanhar e sugerir fazermos esta homenagem... Queridos e queridas, obrigada por comparecerem mais uma vez a um funeral — diz, olhando ao redor. — Este canto do jardim encarnará para sempre o meu amor por você, Roshi. E a árvore que plantarei aqui simboliza a memória e a vida que você me deu. Te amo e sinto muito a sua falta, meu querido Roshi... Espero que você seja feliz onde quer que esteja. Que os anjos te deem asas e aceitem você entre eles. Por favor, visite-me em sonhos!

Ingrid explode num choro. Kai envolve sua cintura, convidando os demais a lerem o que escreveram no verso de cada foto escolhida.

Miriam se oferece voluntariamente para começar. Pega a foto e lê:

— Queridíssimo Roshi, você foi a luz de minha melhor amiga, um curativo para seu coração partido depois da morte de Gerard. Obrigada por lhe fazer companhia durante todos estes anos.

Rosie e seu companheiro, Richard, se levantam e continuam:

— Obrigada, querido amigo, por sua sabedoria e sua companhia de quatro patas. Que descanse em paz onde quer que esteja.

Todos leem e depois colocam as fotos de volta na caixa.

Chega a vez de Eva, uma das companheiras de bridge de Ingrid, que começa a falar com voz trêmula, mas de repente se interrompe.

Ela olha para o portão do jardim. Os demais convidados viram a cabeça na mesma direção.

Uma sombra cor de creme irrompe a galope, esgueira-se entre as cadeiras e pula sobre Ingrid, quase a derrubando, enquanto geme sem parar.

— Ah, meu Deus... — exclama Ingrid, em estado de choque, abraçando, entre lágrimas, a radiante figura peluda em cima dela.
— ROSHI!!!

EPÍLOGO

FAZ DUAS SEMANAS QUE O CÃO QUE SEGUIA AS ESTRELAS está em casa outra vez. Ingrid não poderia estar mais feliz, embora, muito provavelmente, o ser mais feliz do mundo seja Roshi.

Ele rapidamente tornou-se amigo de Kai, embora às vezes briguem para saber qual deles vai dormir com Ingrid. Isso os obrigou a acrescentar uma extensão à cama para terem um espaço extra para as pernas. Agora, Roshi dorme ali todas as noites.

Poucos dias após sua chegada, um canal nacional de televisão noticiou sua fantástica viagem e entrevistou Ingrid, Kai e outras pessoas. Em seu segmento social da noite seguinte, o noticiário mostrou magníficas imagens de Roshi, além de convidar todos os que o conheceram ao longo daqueles dez meses a mandar suas mensagens para o programa.

Todo mundo se espanta com o fato de um cão que se perdeu em Williamsburg ter conseguido percorrer quase três mil quilômetros sem outra ajuda a não ser a de seu próprio instinto.

Como ele sabia onde ficava sua casa? Como conseguiu se orientar? O apresentador o chama de "Roshi, o Cão-Maravilha".

Enquanto reúnem testemunhos que repercutem a lenda do cão, só o que se sabe é que ele percorreu os últimos quatrocentos e tantos quilômetros no carro de um velho amigo de Ingrid, a quem ela visitara apenas duas vezes com seu golden retriever.

Uma semana depois da transmissão do programa sobre o Cão-Maravilha, começaram a chegar cartas de pessoas que nem Kai nem Ingrid conhecem. De acordo com os selos das cartas, algumas vêm da Virgínia, outras de Kentucky, até mesmo do Missouri e do Kansas!

Sentada à mesa da cozinha, Ingrid abre os envelopes e começa a ler as cartas, emocionada. Roshi, descansando perto da lareira, levanta a cabeça e a olha com seus olhos cor de mel, como se perguntasse o que está acontecendo.

— Venha aqui, querido! Você não vai acreditar de quem são estas cartas!

Kai coloca o marcador em seu livro antes de se levantar para ver o que ela quer mostrar.

— É de alguém que se chama... — Ela ajeita os óculos sobre o nariz. — Rebecca. Pelo jeito, ela acolheu o nosso menino em setembro e passou um bom tempo com ele num acampamento... Diz que Roshi apareceu com um amigo errante chamado Tobías. Isso aconteceu na Virgínia, perto de Richmond.

— Uau! Incrível! — exclama Kai.

Roshi late para mostrar que está de acordo.

No final da noite, eles já têm uma ideia mais ou menos clara de onde Roshi esteve e que caminho seguiu. As cartas procedem de todas as almas amáveis que o acolheram durante sua jornada. E não poupam elogios a Roshi!

Terminada a leitura, Kai pega a mão de Ingrid e pede que ela se sente perto do fogo junto a ele. As noites ainda são frescas, e eles adoram aproveitar a lareira.

Nervoso, Kai procura algo em seu bolso, enquanto Roshi o observa com o canto do olho. Meio desajeitado, guarda algo dentro do punho fechado. Olha para Ingrid, com as bochechas vermelhas, e murmura:

— Trago isto comigo desde o dia do funeral deste espertinho... Até agora não tinha encontrado o momento oportuno para entregar o presente que te prometi naquele dia. Você se lembra do que eu disse?

— Sim, querido. Você disse que tinha uma surpresa para mim, e que só me daria quando os convidados fossem embora, mas tudo mudou com a volta de Roshi.

— Bem, nem tudo... — conclui ele, sorrindo para ela.

Em seguida, abre a palma da mão, segurando um objeto redondo e brilhante.

— Você quer se casar comigo, Ingrid Weissmann?

FIM

Os 16 ensinamentos de Roshi

1

Ajude e você vai se ajudar.

2

A vida é uma brincadeira.

3

É bom se preocupar com alguém.

4

"Se você quiser andar rápido, vá sozinho; se quiser chegar longe,
vá acompanhado."

5

Bons amigos não precisam falar para se entenderem.

6

Metade da felicidade é saber perdoar (a outra metade é saber esquecer).

7

Você nunca está só.

8

O amor não se perde, se transforma.

9
"Faça o bem sem olhar a quem."

10
Saber pedir ajuda às vezes é o maior ato de coragem.

11
Tudo é provisório (como a própria vida).

12
É preciso desfrutar o agora (pode não haver um depois).

13
Não demore para ajudar.

14
Tenha a generosidade de receber.

15
Não há remédio que cure mais do que a bondade.

16
Ouça aqueles que gostam de você.

(17) Au, au! (= viva feliz)
ROSHI

Agradecimentos

Ao dr. Rupert Sheldrake, obrigada pelas pesquisas sobre ressonância mórfica e sobre como os cães sabem quando seu dono está a caminho de casa.

Obrigada ao pastor-alemão de minha adolescência, Nikk (na verdade Nikkendolf), que me ensinou a brincar e a confiar, bem como o idioma canino. Em minha juventude, não pude estar presente quando você teve de partir. Nosso gatinho Billy partiu em casa, nas minhas mãos; com isso, acredito que por fim paguei essa dívida.

Obrigada a todos os seres caninos que nos acompanham vida afora, por nos ensinarem a amar, largar, brincar, ser e nos curar.

Obrigada a meu querido Francesc Miralles, pela edição e pelos conselhos.

À minha editora na Itália, Giunti, por seu apoio, inspiração e paciência. Nascer requer o próprio ritmo e tempo.

Obrigada às queridas Sandra e Berta Bruna, minhas agentes literárias, pela confiança e pelo encorajamento. Vocês são as melhores.

Obrigada aos editores da VR na América e, por fim, na Espanha: estou feliz por continuarmos caminhando juntos. Obrigada pela confiança, e obrigada à minha editora, Soledad Calle, pelo acompanhamento atento e cuidadoso de meu novo romance.

E obrigada a você, querido leitor, por ter seguido comigo as aventuras de Roshi. Espero que a história o tenha inspirado e emocionado como fez comigo.

Obrigada ao mar, à montanha, aos gatos e aos cachorros: gosto de tudo isso. Obrigada por esta bela natureza à qual pertencemos. Espero que aprendamos a cuidar melhor dela.

SUA OPINIÃO É MUITO IMPORTANTE
Mande um e-mail para **opiniao@vreditoras.com.br**
com o título deste livro no campo "Assunto".

1ª edição, abr. 2025

FONTES Bely Display 21/16,1pt;
Novel Pro 9,5/16,1pt;
Novel Pro Bold 9,5/16,1pt;
Novel Mono Pro Bold 12/ 16,1pt;
Novel Mono Pro 9,5/16,1pt;
Novel Sans Pro 12/16,1pt
PAPEL Pólen Bold 70g/m²
IMPRESSÃO Gráfica Santa Marta
LOTE GSM190225